私の海

石原慎太郎

幻冬舎

淡海秋古印

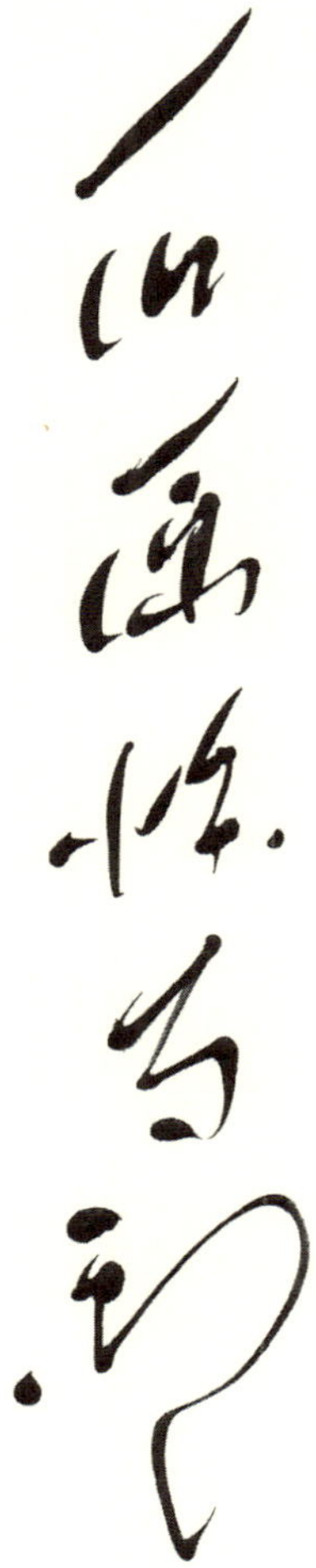

これは写真の手を借りた私の海の自叙伝だ。
ここに納めた写真の一枚一枚にあの時のレースや
航海の出発からフィニッシュまでの鮮明な記憶が蘇《よみがえ》って来る。
そしてそれに引きずられてあの当時の私自身の生きざままでが。
海とヨットなしに私の人生は在り得なかったし、私なしに私の海は在り得なかった。
誰かがいっていた「僕らが見ていない時、海は別の海になる」
という逆説を私は信じて疑いはしない。
それほど確かに海はいつも私の体の内に在る。
いつどこに在っても耳を澄ませば私は遠い潮騒を聞くことが出来るし、
水平線の向こうから吹いて来る風の気配を感じることが出来る。
これは因果な宿命というしかありはしない。
私は陸地では生き延びることの出来ぬ生き物になってしまったのだから。
それは人間として嬉《うれ》しい変化といえるに違いない。
つまり私は滅多に在り得ぬ、選ばれたものともいえるのだろう。
ミュータントである半人半魚の動物の手の指と指の間に水掻《みずか》きがあるように、
私の体の内にはいつも風を感じとる帆が張られている。
そして私はいつもその風をうけてなめらかに歩き走るのだ。
そんな人間は滅多にいるものではないだろう。
海の上と陸の上とで私は二重の人生を生きることが出来ているのだ。

まえがき

人間は誰しも、その人生を彩る背景をそれぞれもっているものだ。たとえば、あるものにとっては自分が選んだ職業、それを実際に行うための企業なり、或《ある》いはそこでの人間的な組織、人間関係といったものだ。それぞれの人生を大きく規定し、ある場合には彩り、ある場合には損ないもすることがあるだろう。

私の場合には、それはまぎれもなく海だ。汽船会社の支店長をしていた父が転勤して本社に戻り、そのおかげで極寒の北海道の小樽《おたる》から、湘南《しょうなん》の地の逗子《ずし》に引っ越してきて、総務部長だった父が住居として借りた社長の別荘から、逗子の海は歩いても五分もかからぬ間近なところに在った。北海道でも限られた夏に海水浴に赴いたものだが、そんな海に比べて湘南の地の海はなんとおだやかで優しく、しかも釣りひとつしても豊饒《ほうじょう》な海だったことだろうか。

北海道ではついに覚えることがなかった水泳も、ひと夏、間近な海で過ごせばいつのまにか簡単にこなすことが出来て、私たち兄弟はそれぞれ海を堪能《たんのう》したものだった。そしてその挙句、中学三年生の時に兄弟して父にねだって、逗子の海岸で目にする貸しヨットのひとつ

の一番小さなＡ級ディンギーを手にすることが出来た。木製の鎧張《クリンカー》り
のＡ級ディンギーは、仲介した貸しヨット屋のリヤカーに乗せられて、はるばる三浦半島の反対側の六浦浜《むつうらはま》から私の家域へ嫁入りして来たものだ。そして小さいとはいえ今ではもうなくなったガフリグと補助索《ガンダーロープ》のついた、古典的なＡ級ディンギーを乗り回すことで、私は波と風の味わいというものを身にしみて教えられたものだった。

更に長じて物書きとして世の中に出るようになり、いささかの財力も備えて、オーシャンレースに出ることの出来る最初のクルーザーＪＯＧ、ジュニアオーシャンレーサーグループを片貝造船所で造ることになった。そして最初のレース、横浜から逗子の葉山までの短いレースに臨んだが、いざフィニッシュしてみると大型艇がとっくに先着しており、私たちの二一フィートのＪＯＧに比べればはるかに大きな二七、八フィートの船ではすでに晩餐《ばんさん》が始まっていて、その台所《ギャレイ》でシチューが音をたて芳香を放って煮られているのを眼にし、私としては船の大きさというものの魅力に気づかされたものだった。

そしてそこで発奮し、当時としては最大級ともいえた三六フィートの木製の、渡辺修治《しゅうじ》さんの設計によるヨットを久里浜湾オリエンタルボートで製造し、乗り回すようになった。

その船との付き合いは長く、その船をわざわざオンデッキで香港ま

で運び、当時創設された第一回目の香港からマニラに向かうサウスチャイナシーレースに出場して、外国の海を走る醍醐味《だいごみ》というものを痛感させられた。

以後、その船では、大遭難のあった一九六二年の初島レースでも先頭をきって走っていたが、到来した寒冷前線がずたずたに裂けて四方八方から狂った風が吹きつけ、三角波に弄ばれる相模湾《さがみ》で往生し、先頭にいながらリタイアを決心した。翌日聞いてみれば私たちの船の後を追って無理して目的地にまで突っこんでいった早稲田の「早風」が遭難し、事前に慶應の「ミヤ」も遭難して沈没し、合わせて十一人の命が失われるという大遭難だった。それ以後も、或いは沖縄や小笠原《おがさわら》からのレースなども堪能してきたが、寒さや強風、高波に弄ばれながらへトへトになってゴールラインにフィニッシュし、一体自分は何のためにこんなことをしているのだろうかと慨嘆しながらも、極寒の海を自前のヨットで走るという、苦しみに重なった楽しみに飽きることがなくなった。

多分、多くのヨット乗りも私と同じだろうが、たとえば、どこかの遠い土地に出向く途中、高速で走る電車の窓から、つかの間だが窓外に海を眺める時の、あの得も言われぬ懐しさと安らぎをどう表現していいのだろうか。そして窓の外に吹きそめている風を眺めながら、その風の吹く遠い海を想定し、遠く離れたその海を自らヨットを駆って走る醍醐味を容易に想像することが出来るようになった。

　そしてやがては太平洋を二度渡る経験もしたものだが、そうした海との交わりを通じて勝ち得ることの出来た人との交わりも、私の人生をさまざまな形で彩ってくれたものだった。

　日本から初めて参加した一九六二年の太平洋横断《トランスパック》レースの時に、飛来したヘリコプターから撮られた写真に、スタート間もない私たちの船からヘリに向って手を振る仲間たちが鮮明に写っているが、今ではその仲間たちのほとんどが死んでしまってこの世にもういない。

　あの写真を見るたびに私は、私の人生の光背として海がもたらしてくれたさまざまな贈り物について改めて戦慄《せんりつ》しないわけにいかない。

カバー◉オブジェ「さまよえるオランダ人」作／石原慎太郎
撮影／黒崎　彰
装幀／三村　淳

私の海　目次

灯台よ
汝《な》が告げる言葉は何ぞ
我が情熱は誤りていしや

（我が辞世）

CONTESSA XIII
Laetitia
CYGNUS II

私が愛した船たち

Part I

私と海との関わりは、
この小さなA級ディンギーから始まった。
弟と二人してねだった贈り物を、
子煩悩な父親は、
家計を無視してかなえてくれた。
この船のおかげで、
私は海の美しさ、怖《おそろ》しさ、
陸では知ることの出来ぬ
風の味わいのすべてを教わることが出来た。
この小さな船こそが、
私の人生の光背をもたらしてくれたのだ。

Ａ級ディンギーから始めて、さらに、オーシャンレースのための、
わずか二一フィートのＪＯＧ、そしてそれに飽き足らず、
渡辺修治さん設計の三六フィートの木造の「コンテッサ二世」、
更に、一人で乗りこなしてきたディンギーの「フィン」。
次いで、三八フィートの「エリクソン」、
そしてその間、新調建造中の暇つぶしに乗った「ミニトン」の五世、六世、
次いで、四一フィートのブリトン・チャンス設計の「コンテッサ六世」、
そしてジャーマン・フレーズデザインの四〇フィートの「コンテッサ十世」、
そして今の四〇フィートの「ベネトウ・ファースト」。
年ごとに、私は乗りこなす彼女を変えてきたものだった。
その船一つ一つに、それぞれのレースの思い出が込められてあり、
得も言われぬ、船ごとの愛着がある。
特に、当時は、東南アジアで最大級のオーシャンレースだった、
第一回のサウスチャイナシーレースで、
「コンテッサ二世」をはるばるオンデッキで香港まで運び、
日本人として初めての外国での外洋レースを、
香港からマニラまで走り尽くした。
のちにも記すが、あの一九六二年の大遭難のあった、
思い返すも怖しい秋の初島レースにも参加したものだった。

内海での
距離も短い
ポイントレースにしても、
過激な競走が展開される。

188

殆《ほとん》ど同じレーティング、
ハンディキャップの、
「ケイセブン」と「コンテッサ」のラフィングマッチで、
オーバーカンバス（オーバーキャンバス）ぎみに、
無理して走っていた私の船のスピンポールが、
風圧に耐えかねて、
根本の金具が破損して吹っ飛び、
張っていた袋帆《スピンネーカー》を突き破って
船は破走《ブローチング》する。
激しくブローチングする我が艇を、
相手はここぞとばかり追い抜いていく。

これは私にとって数あるヨットの記録の写真の中で、
最も不吉な、そして印象深い写真だ。
一九六二年の秋の初島レースで、私の船は、スタート直後、私が乗組員《クルー》を叱咤《しった》激励し、
「あと二分のうちに、スピンを上げきらなければ、もう試合をやめて帰るぞ」
と脅し叱りつけた結果、日頃の練習の成果を発揮し、
瞬く間に袋帆《スピン》が満帆の風をはらんでトップに立った。
そして、一番手で初島に回航し、ゴールの横浜を目指して、相模湾にかかった時、
折から通過した寒冷前線がどんなせいでか、ずたずたに切れて大気をかき回し、
突風が四方八方から船を襲う始末だった。
私たちは、先頭を切って三崎《みさき》にかかったが、その先の剱崎は暗礁の多い難所の海域故に、
三崎の沖でリタイアを決心してホームポートの油壺《あぶらつぼ》に帰った。
そのあと、早稲田の「早風」がオーバーカンバスぎみで、私たちを追いかけて来、
三番手のアメリカ海軍の「カザハヤ」はとっくにリタイアしてしまった。
早稲田の「早風」は、そのまま東京湾に向って突っこんでいき、
恐らく、観音崎《かんのんざき》の手前で遭難し、六人のクルーが死亡、そのうちの二人の遺体が
千葉の海岸に流れ着いたものだった。
その事前に慶應の「ミヤ」は、相模湾で沈没し、慶應、早稲田合わせて
十人のクルーの命が失われ、レース船の「ノブチャン」からも一人が落水した。
合わせて十一人の犠牲を出した大惨事となった。
海の怖しさをしみじみ味わわされたレースだったが、艇長としての私の判断で、

棄権を決心するのには勇気がいったものの、結果として仲間の命を救うことが出来た。
以来、私は、船を指揮する艇長として、
クルーからの絶対の信頼を得ることが出来るようになった。

我が邸、屋敷のサロンに飾られたヨットレースのトロフィーの数々。
これはまさしく私が自称する、船乗りシンドバッドの財宝にほかならない。
日本の協会はごく貧しいので、右手前に並んで重ねられている杯は、
実は、それぞれのレースのトロフィーなのだ。
この小さなトロフィーの一つ一つに、
実は命がけで達したレースの思い出が宿っている。

IZU SYOTÔ
DRESS CODE INTERNATIONAL
ZOY

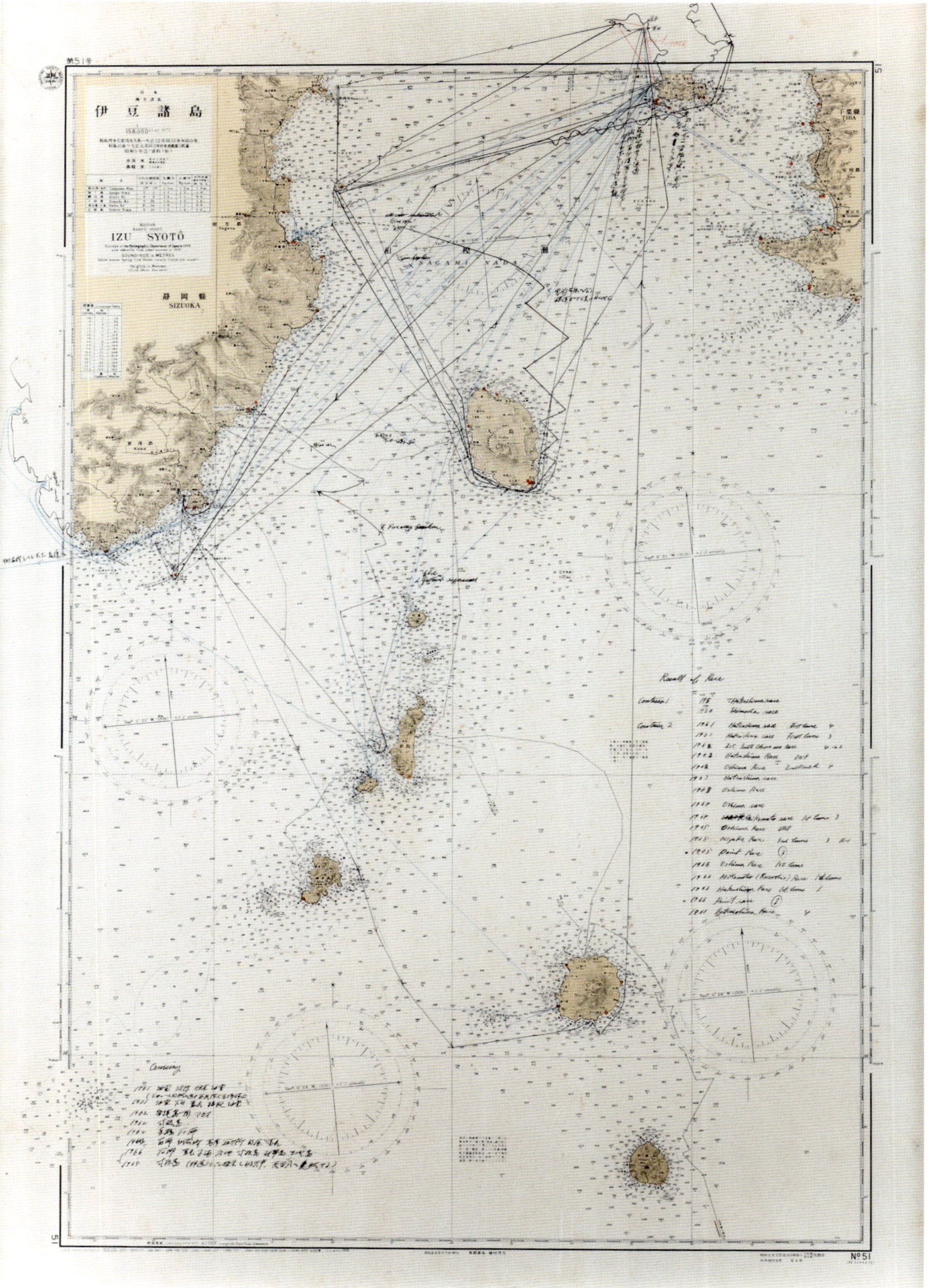

◉玄関のホールに額入りで飾ってある数枚のチャート
恒例の初島―大島レースを含めて、
更に南進して三《み》宅《やけ》島、或いは八丈島を廻るレースの航跡図だ。
これはまさしく、私と仲間のクルーたちが命がけで走った青春という航海の軌跡だ。

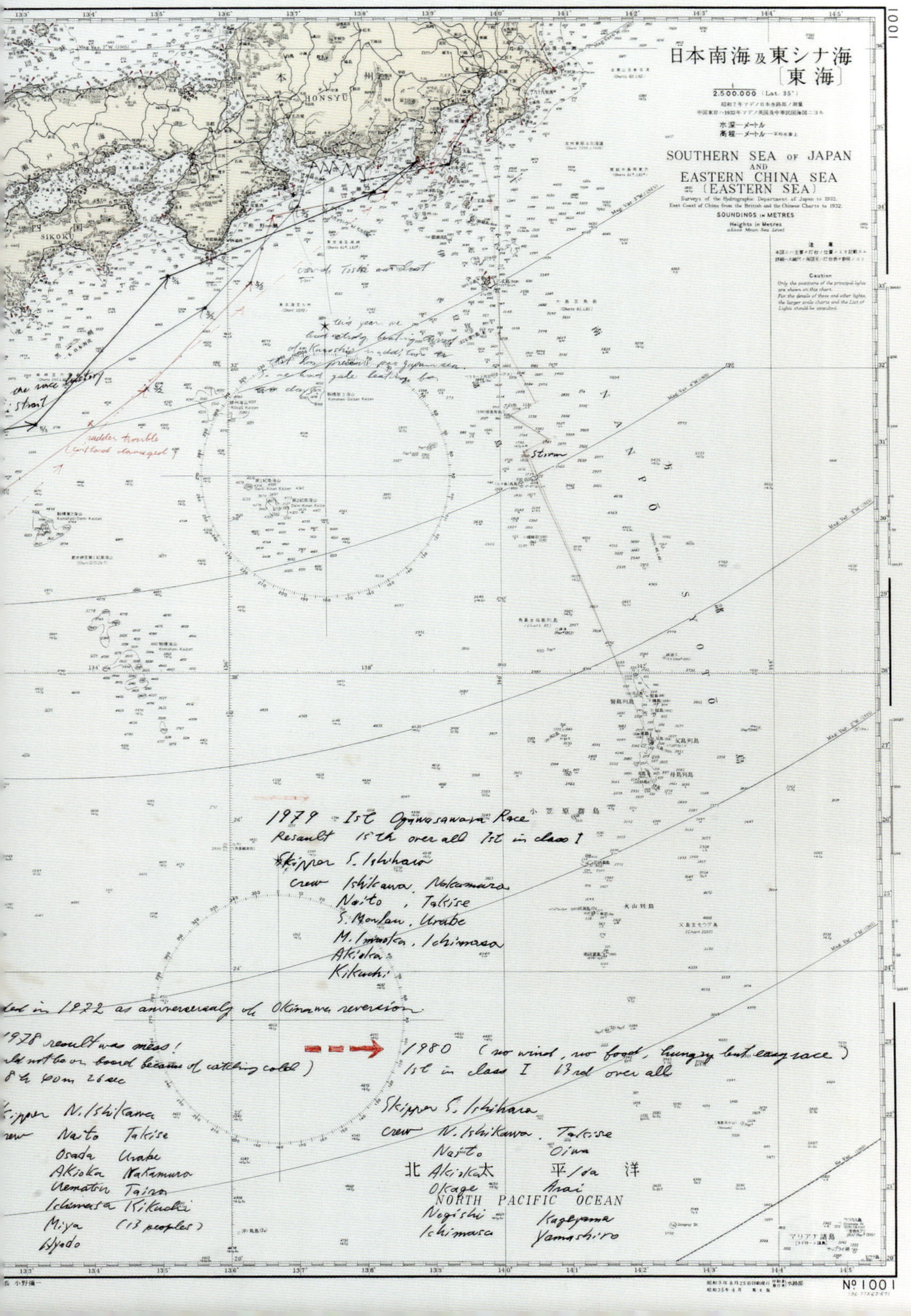

沖縄レース、或いは小笠原レースを含めた
日本の近海でのレースの数々の航跡だ。

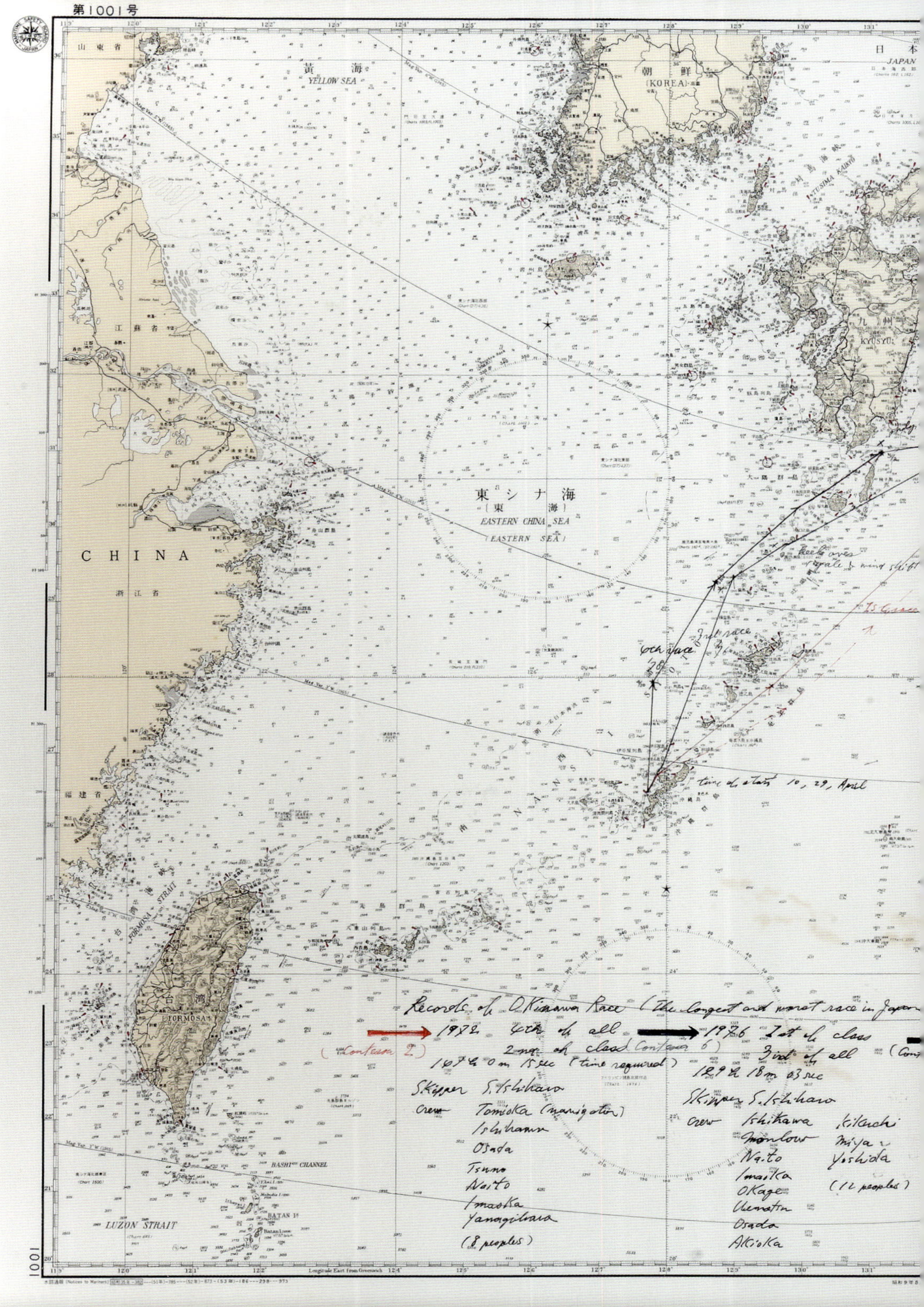
第1001号
黄海
YELLOW SEA
朝鮮
(KOREA)
日本
JAPAN
九州
KYUSYU
東シナ海
(東海)
EASTERN CHINA SEA
(EASTERN SEA)
CHINA
山東省
江蘇省
浙江省
福建省
FORMOSA STRAIT
台湾
FORMOSA
BASHI CHANNEL
LUZON STRAIT
BATAN I^s
Longitude East from Greenwich
1001
time of start 10, 29, April
6th race '76
Records of Okinawa Race (The longest and worst race in Japan
1972 4th of all
(Contessa 2)
2nd of class (Contessa 6)
107 h 0 m 15 sec (time required)
Skipper S. Ishihara
Crew Tomioka (navigator)
Ishihama
Osada
Tsuno
Naito
Imaoka
Yanagihara
(8 peoples)
1976 1st of class
3rd of all
129 h 18 m 03 sec
Skipper S. Ishihara
Crew Ishikawa
Monlow
Naito
Imaoka
Okage
Uematsu
Osada
Akioka
Kikuchi
Miya
Yoshida
(12 peoples)

ESSA XIII

CONT

Ⅰ　颪の神との黙約

はみ

凪《な》ぎわたって雲の姿を映す静謐《せいひつ》の海に、突然何ものかの気配が蠢《うごめ》き、風もたたぬ水のおもてに泡だち湧き上るものがある。たった今もたらされた何かの創生のように、たちまち波紋は水を伝う。海は表情を変えようとする。

なぜいつもそれは、かかる平穏の日を選んで起るのであろうか。

見るがいい、湧きたち水の上に跳るものはうたかたではなく、幾万、幾百万、幾千万の魚の群れだ。この静けく平らけき水の底で、何かに追われた魚たちの群れが、ついに逃れるところもなく、今、大海のこの一点にひしめき集まり身動きする術《すべ》もなくなって、魚が魚を踏み、互いの背の上に昇って海面までひしめき跳っている。

進んでいく船を眼にして逃れる暇もすでに喪《な》くした、追われ、追いこまれた魚たちが、水の上を歩もうとするものの足さえ支えもするように、密々に幾千万、今ここに在る。魚たちで築き固められた大地ともいえる、この数十立方メートル。

漁師はそれを「はみ」という。

獲物を食《は》もうとする鯱《しゃち》が鯨を追い、鯨がいるかを追い、いるかが鰹《かつお》を追い、鰹が鰯《いわし》を追う。

そして、最も数多く、最も弱きものが今ここに追いこまれ、水の底深く未だ姿を現わさぬ兇《あ》しく猛々《たけだけ》しきものの影におびえ、か弱いひれと尾で水から跳り空を搔こうとしている。

そして、私たち人間はなす術も知らず茫然《ぼうぜん》と見守るだけでいる。ただ、その身の内に、かつて悠久の昔彼らと同じようにこの水の中から追われて地上に上ったものとしての、原始の本能に通う戦慄《せんりつ》に身をまかせながら。

眼の前に跳る無数の魚の一匹に我が身をなぞらえて想う怖しさをこらえきれずにか、乗組員《クルー》の一人がボートフックを手にして猛々しく水を打ち据える。その一挙手で何かの均衡が破られたように、突然、無数の魚族《うろくず》の姿は眼の前から消えていく。

白昼夢から醒《さ》めやらぬ人間たちの、はるか視界の外に――。

クリスチャンソン

大男の彼は、厳格な安全検査委員だった。手入れの悪い船のベニヤのハッチの安全度を確かめるために足踏みして見せ、六フィート九十キロの巨体が板を踏みぬくのを、クルーたちはうらめしそうに眺めていた。もっとも、五八年度の鳥羽《とば》レースで横浜へフィニッシュして見たら、思いもよらず彼の艇がファーストホームと報《しら》され、顔を真っ赤にして泣き出したりもしたが。

年の暮れ近い夕方、葉山のハーバーの傾面《スリップ》で久しぶりに彼に会った。船台に上げたヨットの船底を彼は紙やすりで磨いていた。黄昏《たそがれ》が染め出し、吹き晒《さら》しの凍《い》てかけたスリップにはもう誰もいなかった。私は何するともなし彼の作業を眺めてい、やがて、この秋口ハーバーマスターがいっていた、どうやら癌に冒されたらしいという彼の妻の噂を思い出して尋ねた。

「彼女ハ死ニマシタ」

相変らず下手な日本語で彼はいった。そして、

「Man loses much as he loves much」

いった後、それだけは確かに伝えようとするように、

「人、タクサン愛スルト、タクサンナクス、悲シイネ」

大きな眼を大きく瞬かせながら日本語でくり返した。

その一瞬、彼の眼に片側だけだったが、忍び寄る黄昏の中にもはっきりときらめくものを見た。

私は戸惑いながら彼を見返し、二、三度会っただけの、余り美しいとも可憐《かれん》とも思えぬ、以前から顔色のよくなかった彼の日本人の細君の顔を思い出そうとして見た。だが、それを封じるように金髪の大男は私に背を向け、海へ向き直った。両手を一杯に拡げ、ひと息、吹きつける北風に向って深呼吸すると、

「Hum, smells good」

彼はいった。

私は頷《うなず》き返した。そして彼に真似て黄昏の寒気を胸一杯に吸いこんでみた。真冬の凪は、冬らしい、あのこげるような匂いがした。私がその時、この男の一体何をどれほど理解してやれただろうか。ただ同じように、夕方の海に向って立ちつくし深呼吸する以外に。

南西《みなみ》が――

いまし、風見を閃《ひらめ》かせて
蘇るものの気配がある。

いまし、凪ぎわたる藍碧《らんぺき》の鏡をかすかに曇らせ
蘇るものの気配がある。

誰かがこの水面に砂をまいた。

見えぬ手に触れられて皺《しわ》ばみ
戦慄する青い水。

ああ、いまし、かくていまし、
コンテッサを蘇らせ、南西《みなみ》が吹く。

潮風を蘇らせ、南西が吹く。
ロータスを蘇らせ、南西が吹く。
エリックを蘇らせ、南西が吹く。
智美のスピンがいま開く。
チカダマスのスピンが、いま開く。
ああ、いまし、睡《ねむ》れる午後の海を蘇らせ、
南西が吹く。
ようやく、南西が。

潮の壁

私たちは南南西の順風を半追手《クオーター》で走っていた。利島《としま》をすぎると風は南西にふれて安定し、私は乗組員《クルー》に袋帆《スピン》のセットを命じた。準備が出来た頃、クルーの一人が行方を指し、風が突然百八十度転じて北東にふれたのを報せた。しかしまだステイの風見は追手の風に跳ねていた。

だが確かに、行方二、三マイル前方に風波のたてる白い波頭の連りがあった。それは、大島との海峡を真半分に区切るように東から西へ、白い直線となって走っていた。丁度、冬場北東風が落ち、一転して西から強い季節風が吹き起り、幕を引くように海面の表情を変えてしまうあの最初の一瞬のように、彼方《かなた》の海は白く泡だち私たちに向って押し寄せて来ていた。

自分を落ちつかせながら、私は双眼鏡をとり出し彼方の白波を眺め直した。拡大されたスクリーンにその正体が知れた。それは東西に流れる、巨《おお》きな潮目だった。

やがて船は近づき、私たちは固唾《かたず》を呑んで、ふくれ上って流れる海中の河を眺めた。潮は東北東から西南西に向って激しく湧き上り流れていた。逆風にめげず、伝ってくる潮騒を私たちは耳にしたのだ。

風に逆らって流れる潮は、風のつくる表流にぶつかって、流れと流れの接線はめくれ上り、流れる潮目は海面に向って一メートル余りも切り立ち、崩れかかる波の腹のように蒼黒《あおぐろ》い壁となってそびえていた。その壁が、東から西へ数マイルつづいている。勢いのあまり、海面にそそり立つ潮の長城だった。

やがて船は蒼《あお》く透明な波の壁に姿を映し、次の瞬間、映し出された己《おの》が姿に激突し、跳ね上げられ、潮の河の背に乗っていた。海抜一メートルの泡だつ河床を、船は横流れ《リーウェイ》しながら必死に走り切り、やがてまた放り出されるように元の海面に降り立ったのだ。

ふり返って見れば、南西風に逆行の潮波の背はもう見えず、あちこち風のたてる白波の間に、潮はただ蒼黒い帯になって連なり、やがて追い波の間に消えていった。

その頃になって、私たちはたった今眼にしたものが何であったかを、もう一度疑い直すことが出来た。

何度となく通ったあの海峡に、あの潮目が海中からそびえて現われたのはあの時たった一度でしかない。他の一体誰がそれを眼にしたことだろう。私たちだけが見とどけたものは、あの海に住む魚や獣や人間たちとははっきりと違う意志をもつものの存在だったに違いない。そしてそのものの現出が、私たちのそれとは異る時間と空間の周期に因《よ》るということを私たちは予感したような気がするのだ。

電光の海上で

電光がそびえ立つ雲を紫に染め上げ、深夜に仰ぐ積乱雲の背が獣に似て輝くのを眺めながら、私たちは術もなく待ちつづけた。太古の狩人が獲物を狩りながらも、それだけは怖れて避けようとした最も兇しき伝説の獣に私たちは出逢《であ》ってしまったのだ。

雷は禁断の半島を照らし、禁断の海を彩り、やがて今、それを侵そうとしたこの小さな船を照らし出した。

はるけく遠い遠州灘《なだ》の一点に、船は今、四肢を痺《しび》れさせて漂い、人間たちはその上でこらえようもなく、他の何か海獣《けもの》に変貌しようとする自らの魂の予感に戦慄する。

悠久の過去が今蘇り、創生を想わせる濃くも濃い完璧な闇と、間断なくそれを引き裂く閃光《せんこう》の束が頭上にはじける。

私たちは、固唾を呑みながらただ待っている。

見るがいい、次のつかの間に炸裂しようとするものを予感して、身の周りのすべての金属は微光を発し、発狂したコンパスはもはや遠い極を指して示そうとはせず、くるくると廻りつづける。髪の毛までが総毛だち、一本一本が針となって、来たるものを迎えようとしている。死は歴然とした手触りをもって、間近な宙空に満ち満ちている。

完璧な闇と極限的な彩光の交錯。死がこれほどの光量に氾《あふ》れた眩暈《げんうん》であったことを誰が知っていたろう。頭上をかすめる光の束が、足下の甲板《デッキ》に鮮烈に黒い我が影を刻むのを眺めながら、人間たちはただ茫然と立ちつくす。

一瞬また一瞬、一吋《インチ》また一吋、それは顕《あき》らかに近づき、より確かに覆おうとしている。存在の知覚が痺れていく中で、私たちはひたすらに待ちつづける。

仰ぎ見るがいい、マストトップに燃えて翻る青い焔《ほのお》の旗を。金属のマストは、とうに私たちの魂までを吐き出し、次なる解体に備えている。

その一瞬、巨いなる掌《て》が空を引き裂き何かをそぎ落して過ぎた。

そして船は何故か髪筋一つの際どさでその掌の内からこぼれた。

それは切り裂かれたものの彼方の水に落ち、私たちはそのこちら側にあった。ただそれだけだった。眼前の波頭に落ちるすがすがしいほど鮮かな紫色の光の滝を眺めながら、私たちはそれだけを覚《さと》っていた。

波たちの異形な影を波の上に刻んで、焔の柱は瞬時水の上に立ちつくし、次の瞬間、明るい水の柱に変り、そしてまた次の瞬間、柱は水を刺すようにして没し、後の宙空におぼろな暗緑の光の輪だけが漂っていた。

私たちをかすめて過ぎていったものが、再びどのように間近な彼方で閃こうとも、今眼にしたものに比べれば最早それはかすかな明るさでしかなかった。

それは顕らかに私たちをかすめて通り過ぎていったのだ。

その何故を知ろうとすることの空《むな》しさを、私たちは多分一生の内でその時一度だけ、もどかしいほど時かけて蘇る存在への知覚の中で味わっていた。

石廊沖で

日中の凪ぎは狂暴だった。暑さの下で八時間の凪ぎは乗組員《クルー》の神経を嘖《さいな》みきった。艫《とも》から船首《みよし》に向って逆に流れる捨てた吸い殻を私たちは倦《あ》かずに呪った。やがて吹き出した風も、思惑から三十度も外れて、駿河湾の懐深い波勝崎《はがちざき》へ船を運んだ。

しかし、鰹岩をかわした後の石廊崎《いろうざき》沖で私たちをとらえたものは何であったのだろうか。何故かその夜だけ赤い月の射した海面に、湧き立ち流れていたあの暗紫色の潮の流れは六ノットで走っていた。船は流れにとらえられた時、速度計を振り戻し、斜め横を向いたまま船体を軋《きし》ませて走っていった。舵はきかず、帆は時折逆帆《アバック》したまま石廊から神子元《みこもと》をかわして爪木崎《つめきさき》まで、牙をむく十幾つの暗礁をすべてかわして僅か十五分間。好運の魔の手としかいいようもない何かが私たちを運んで、捨てた。

帆走というよりも、それは海面で起った非現実な転移《トランスポーテイション》だった。

のちに聞き合わせたが、その時刻、辺りの海を過ぎたレース艇の内であの潮を拾ったものは一隻もなかった。気まぐれに姿を現わす離れ鯨のように、見馴《みな》れぬ潮の河は、あの夜ほんのひと時だけあの海に背びれを覗《のぞ》かせたのだ。

潮の河を脱《ぬ》けた時、月の影も蒼く蘇り、海はもとの、かすかな南東風の吹きそめる、おだやかなうねりでしかなかった。

私たちがいき合ったものは多分、私たちのそれとは全く関りない、他の何ものかの意思だったに違いない。私たちが垣間《かいま》見たものは、実は、私たちが海の上でそれぞれをゆだねている巨きな掌の、その片鱗《へんりん》だったに違いない。

崩壊からの創造
夏目漱石
レイテ戦記

私が愛した船たち

Part
Ⅱ

船の上で撮った私のポートレートの中で、私は、この写真が一番好きだ。
何故かと言うと、この顔が一番正直な私だからだ。

これは一九七二年、沖縄が復帰した年に行われた、第一回の沖縄レース、
那覇から三崎までの一〇〇〇マイルにおよぶレースの折のものだが、
あの時、日本の近海は、気圧配置のせいで強風の渦の真ん中にあった。
黒潮があがり、暗礁の多い、最大の難所の吐噶喇《とから》列島をなんとか横切って、
喜界島《きかいじま》を通り過ぎ、太平洋に出て、
あとは何の障害物もない太平洋を真っ直ぐに三崎を目指す航程《レグ》の途中だった。
写真では遠近感が定かにはわからないが、瞬間二〇メートルを超す
強い追い風の下で、フルセイルで走りながら船はゆうに一五ノット近い速度で、
プレーニングにつぐプレーニングをつづけていた。
背後に見える波の高さは、実際には一〇メートルを超すもので、
舵引きを誤ったら、船はそのまま頭を突っこみ転覆もしかねない。
その緊張の中で、舵を引いている私は、明らかにおびえてすくんでいる。
これが正直な私の姿だと思う。

CONTESSA

それから
二、三時間過ぎた後、
風と波もようやく治まって、
それでもなお波高は
六、七メートルあったが、
もう表情も落ちつき、
カメラに向って
ポーズする余裕さえ
見せている。
人間が本当に自然を怖れ、
自然におびえている姿を
私自身がこの写真で
証《あか》していると思う。
そんな自分が、
私にはある意味で、
懐しく
いとおしくさえある。

ある年の正月元旦、
お屠蘇《とそ》にも、
お雑煮にも飽きて、
仲間を語らい、
季節風の西風が
吹きそめる海に向って
船出したものだ。
正面に澄みに澄んだ
大気の中で屹立《きつりつ》する
富士山に向って、
あてもなく
ともかく海に出たいという
航海だった。

気の合った仲間を語らって、
暮れに近い冬の海を、
下田の温泉でひと浴びでも
するかということで
船を出した。
途中、時ならぬ寒冷前線に
襲われて、
海の表情は一変した。
突然襲いかかる突風に、
海は一面に泡だち、
船も帆を縮めて
かろうじて南を目指した。
こうした突然の突風を
漁師たちは、
神立《かんだ》ち（神が立つ）と呼ぶが、
いかにも
風の神の気まぐれでか、
ともかく
凄まじい突風に弄ばれて、
ほうほうの体で
大島の波浮《はぶ》の港に
逃げこんだものだった。
この写真もまた風の神の
支配する海の怖しさを
証していると思う。

一九六三年の
トランスパックレースの
スタート直後の写真だ。
私はこの写真を見るたびに
こみ上がる興奮を
抑えきれず、写真の下に、
「遂に、遂に、遂に
僕らは出発した！」
と書き添えている。
憧れの
トランスパックレースに、
日本から初めての参加で、
私たちの夢がついに
かなえられた瞬間の映像だ。
左から、船尾《スターン》の手すり《バルピット》に
腰かけている私。
そして、乗組員《クルー》のシミズ、
名舵引き《ヘルムスマン》のフクヨシ、
さらにチームマネジャーの
タナカ、通称ドコドン、
そしてクルーの
イチカワゲンゾウ。
まさに夢かなった、
満ち足りた
青春の瞬間の記録だ。

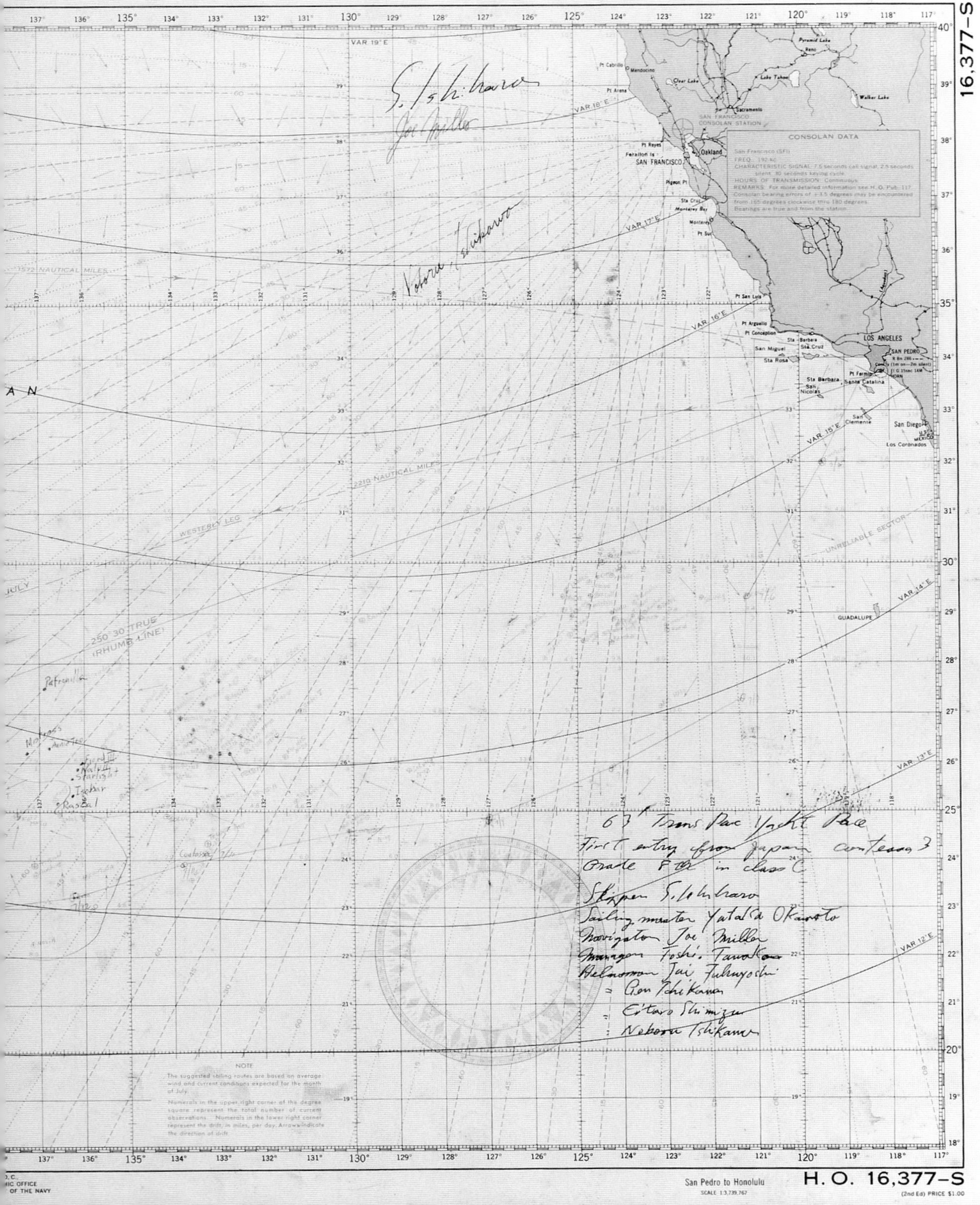

日本から初めて参加したロサンジェルスからハワイまでのトランスパックレース（TRANS-PACIFIC-YOCHT RACE）の航跡だ。

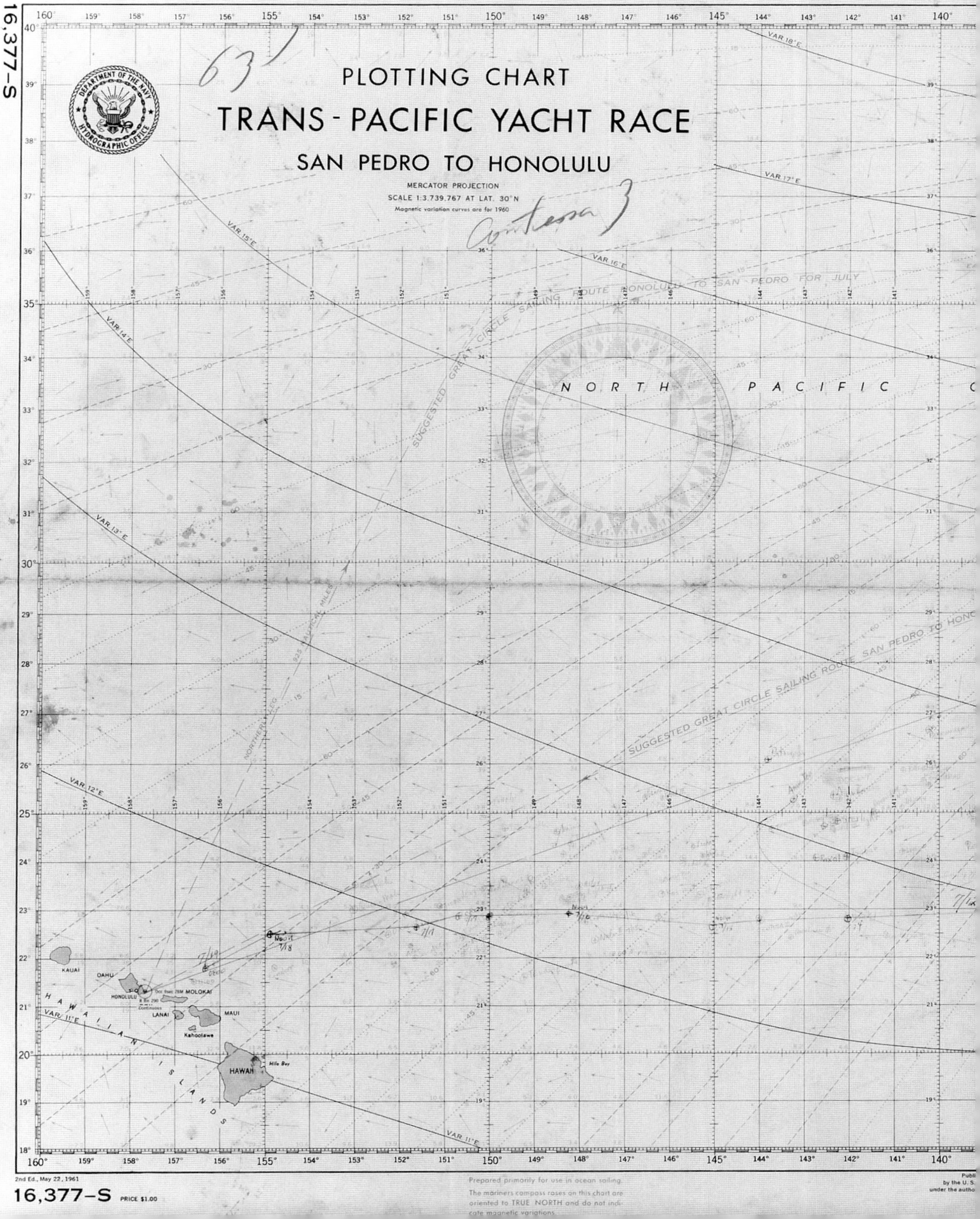

16,377–S
DEPARTMENT OF THE NAVY HYDROGRAPHIC OFFICE
PLOTTING CHART
TRANS-PACIFIC YACHT RACE
SAN PEDRO TO HONOLULU
MERCATOR PROJECTION
SCALE 1:3,739,767 AT LAT. 30° N
Magnetic variation curves are for 1960
631
Contessa 3
NORTH PACIFIC
SUGGESTED GREAT CIRCLE SAILING ROUTE HONOLULU TO SAN PEDRO FOR JULY
SUGGESTED GREAT CIRCLE SAILING ROUTE SAN PEDRO TO HONO
KAUAI
OAHU
HONOLULU
MOLOKAI
LANAI
MAUI
Kahoolawe
HAWAII
Hilo Bay
HAWAIIAN ISLANDS
2nd Ed., May 22, 1961
16,377–S PRICE $1.00
Prepared primarily for use in ocean sailing.
The mariners compass roses on this chart are oriented to TRUE NORTH and do not indicate magnetic variations.

スタート直後、
最初のマークの
サンタカタリナ島に向って
反転《タック》をする「コンテッサ」。

そして、
ついに僕たちは、
一〇〇〇マイルの航程《レグ》を
走り切ってレースを
フィニッシュした。
ダイヤモンドヘッド沖に、
灯台と浮いているブイを
結んだフィニッシュラインを
突っ切った瞬間の姿だ。

フィニッシュして、
イリカイのヨットハーバーにようやく繋《つな》がれた船の上で、
歓迎のレイを首にしたクルー一同だ。
思い返してみると、
この仲間八人のうち、
今、息災でいるのは、
私とイシカワの二人だけだ。
あとの仲間は残念ながらすでにこの世を去ってしまった。
あの世で、彼らは、今、一体どんな思いで、
あの夢のようなヨットレースを
思い返していることだろうか。
右から、イチカワ、フクヨシ、オカモト、私、
シミズ、ナビゲーターのジョー・ミラー、イシカワ、タナカ。

一九六三年、私たちにとっては、最初のトランスパックレースだ。
一九六五年の二度目のトランスパック、
それぞれの、ロサンジェルス、シェラトンホテルでのディナーパーティ。
何もかも流石《さすが》アメリカらしい、贅沢で、豪華で、賑《にぎ》やかな催しだった。
もう、すでにこの頃から、私たちはレースそのものではなしに、
レースの雰囲気に酔っていたと思う。

Ⅱ 風の神との黙約

ニューポートクラブで

宴《うたげ》が始まったクラブの桟橋に、彼は入江の向いにあるオフィスの下からスナイプでやって来る。

黄昏の微風に乗って可憐な船は、水の上を、発《た》とうとする鳥のようにゆるやかな水尾《みお》を引いて近づいて来る。カクテルドレスを着た細君をマスト近くに坐らせ、オフィスで着替えたか、彼は白いディナーコートにエナメルの靴をはいて。

桟橋の前で方向転換《ジャイブ》し、空いていた僅かなスペイスにぴたりと船を止め、前帆《ジブ》だけ下ろして舫《もや》いをとると、ウエイターの盆からマティニのグラスをとり、私に向ってウインクして見せる。

パーティは豪華で磊落《らいらく》で明るく、楽しかった。桟橋に着けられた何杯かの参加艇《エントリイ》や、それを見送る豪華な船たちを背景に、その夜の集まりは、三日後に行われる試合《レース》の興奮を予感させた。

庭にトーチが点《とも》り、パーティは屋内からテラスに氾れ、テラスからさらに水際に移った。

「Come on abord!」

船から陸へ声が飛び交い、桟橋に脱ぎ散らかされたエナメルの靴に誰かが蹴つまずき、靴が水に落ちては歓声があがった。

参加艇の中で一番小さい「スピリット号」の上では、この新艇で生れて初めてトランスパックに参加する若い艇長が興奮を抑えきれず上気した顔で、見知らぬ私に、自分のとるコースの目論見《もくろみ》を夢中で話しつづけた。


宴はいつ終るともなくつづいていた。

船から船へ、何度目かに桟橋へ下りた時、彼は丁度舫いを外すところだった。細君の手をとって促しながら、手を貸そうとした私を断って、代りに手にしていた何杯目かのマティニの残りをひと息で空けるとグラスを放ってよこした。

桟橋を蹴るようにして飛び乗り、揺れかかる船を、馴《な》れたカウボーイが逸《はや》る馬をなだめるようにバランスとって、はためいていた主帆《メンスル》に帆綱《シート》のひとたぐりで風を掬《すく》うと船はたちまち走り出す。前帆《ジブ》を上げ、左舷風航行《ポートタック》のフリーで船は夜の入江を軽々と滑っていった。

クラブハウスの灯りがとどかなくなりそうな辺りで、片手で蝶ネクタイを外す彼の後姿が見え、その後暫《しば》く帆影だけがほの白かった。

「畜生奴《め》」

つぶやきながら私は感心し、満足していた。

それはなかなか洒落《しやれ》たものだった。その夜の集まりのすべてが、いかにもヨット乗りたちらしく素晴しかった。そして、その夜初めて私は宿のベッドの夢の中で、これから出かけいく遠い太平洋の潮騒を聞いた。

海の独白

あなたとの愛を喪《うしな》ってから、私はやっと、あの灯台が私に告げる言葉を理解出来るようになりました。港を出る時、港に還《かえ》る時、私を送りながら、また迎えながら、お前はやがては海から還れよと、そしてまた、お前はやはり海に還れよと、灯台は告げてくれるのです。

そして、私たちの情熱が決して間違ってはいなかったということも。あなたと別れてから、私はやっと海図《チャート》を本当に読みとることが出来るようになりました。

この入江からあの島まで、何百何十マイルの航海の間に、あなたの幻覚を乗せた突風が何度船を襲うだろうかと知れるのです。

あなたを喪ってから、私は深夜の見張り《ウオッチ》を一人ですごす術を知ることが出来ました。舵輪を握りながら、夜空に見上げる天体の巡り巡りに比べれば、私たちの邂逅《かいこう》と別れが何でしかなかったかを、いや、だからこそ何であったかを、私は倦かずに反芻《はんすう》するのです。

バルボア・アイランド

橋をひとつ越えて入るとこの島では誰もが裸足《はだし》で、女友達と手をつないでいないような男は一人もいない。島はニューポートの複雑に入りくんだ入江の奥にあるのだが、集まって来るみんなの暗黙の了解で、何となし別天地になっていた。

並んだ店も他所《よそ》より豪華で、私たちが入ったステーキハウスも戸口から部厚いサフラン色の絨毯《じゆうたん》が敷いてあり、ウエイターはみんな薄緑の洒落たタキシードを着こんでいる。テーブルも椅子も十八世紀風だし、ガブレットはチェコのクリスタル、シルバーには店の紋章がついていた。

しかし客はみんな裸足で、あるものはバミューダショーツの上は裸だった。それに客の半分近くは酔っぱらって床の絨毯の上に坐りこみ、あるものは寝っ転がって食べている。

そろいのはっぴを着て入っていった私たちが、日本から初のトランスパックエントリイと知れると、みんながグラスをかざして乾杯を叫んだ。

「へえ、こいつはいいや」、と誰かがいい、

「こうなりゃこっちのもんだ」、誰かもいった。

十分後、スープも来ない内に私たちのテーブルには品のいい、しかしもうしたたか酔っぱらった中年の夫婦がやって来、レース参加艇《エントリイ》「タイクーン号」のオーナーだと名乗った。

乗組員《クルー》が椅子をすすめたが彼は私の足下に坐りこみ、袖を引いて私を同じ絨毯の上に坐らせた。そして、床に置いた大皿をメインランドに、小皿をハワイに、その間にナイフとフォークを置いてコースを描いて見せ、彼の過去の二度の経験から最も早く貿易風をつかむコースを私に教えてくれた。

その間中、まだ少し艶《あで》やかさの残った細君の方は、「私はこのレースのある度、ヨット寡婦《やもめ》なのよ」、とぼやきながら亭主よりも早いピッチでマティニのグラスを空け、我が艇の女性専門のヘルムスマンFと仲良く肩を組みテーブルの反対側の床に坐っていた。

無頼なヨット乗りには、その雰囲気がぴったりだった。私たちは、反転《タック》するよりも早くそれに馴れることが出来た。

そしてその夜の歓楽の中にもすでに、あの懐しく爽かな貿易風が吹きそめているのを私たちは予感することが出来た。

ある夢

何日かかるかも知れぬトランスパックレースの初夜に、なんであんな夢を見たのだろう。

興奮と期待と、不安と緊張のまだ醒めやらぬまま、深夜の見張り《ウオッチ》を終えて這《は》いこんだ寝台《バース》の睡りの中で、私はもう故国に帰りついていた。どこか知らぬがいきつけらしい寿司屋に、私はその頃愛していた女と二人だけで坐っている。店の親父が、「お帰りなさい、長かったですね」、とねぎらいながら注文を握ってくれ、私の横では、女が私の茶碗に茶を注《つ》ぎ足してくれる。

夢見ながら私は、こんなことがあるものか、レースは今始まったばかりじゃないかと覚ってもいた。しかし、覚りながらなぜか夢から離れがたく、無理してすがってその夢を見つづけたいと願っていたのだ。女も、どこかその店も、あんなに懐しい思いで夢に見たのは初めてのことだった。

夢はやがてモーニングコールの無線の雑音で破られ、すでに朝陽《あさひ》の射しこむ船室《キャビン》の中に脱ぎすてられた赤や黄の合羽《カッパ》の色に、夢とは違って、まぎれもなくレースの第一夜がやっと明けたことを私は悟り直していた。

しかし、長年憧れ憧れてようやく参加したレースの最初の朝になお、私はまだどこかに残っているあの夢の名残りのせいか、しきりに、この航海があと何日で終るだろうかと考えていた。

だが日がたつにつれ、私は初めの夜見た夢を忘れ、女のことも忘れた。


やがてたどりついたゴールの島のホテルの、もう揺れることのないベッドの上で久しぶりにセールバッグの中身を整理しながら女のアドレスを記した手帳を眼にした時、二週間前の初夜に見た夢を思い出しながら、何故か妙なうとましさがあった。

天邪鬼《あまのじやく》とはいえまい。誰しもが結局、そうした二律背反を身にまといながら海に出かけていき、やがてまた陸《おか》に還るのではないのだろうか。

海峡の虹

海峡では海流も波も風も飽和だった。太平洋の中の芥子粒《けしつぶ》のような島々だが、島と島の間の小さな海峡に貿易風に乗って海が流れこんでいる。錯綜《さくそう》する海流と潮とがたてる波のしぶきを、この狭い風道に吹きこむ風が巻き上げ、視界はおぼろに煙り、辺りの大気にはねっとりと濃い潮の肌触りがあった。

この半月、夜を日に継いで走りつづけて来たレースの終幕に、やっと先刻島の灯台を発見し、私たちは今残された最後の行程をゴールに向って走りつつあった。いくほどに吹く風と海流はますます早まり、海峡にたちこめた潮の息吹きはさらに濃くなった。

その時、月が出た。

とうに上空にあった月は薄れた貿易風雲の間から姿を現わし、月影は射しかけるというより、たちこめた潮のしぶきの彼方からにじむように伝って来た。さらに雲が晴れ、やがて私たちは過ぎつつある海峡の空に、折しも満ち満ちた月を仰いだ。

そして更に数分、私たちは月よりも間近に巨きすぎて気づかなかったものを知ったのだ。

虹だった。

月の光に照らされて出来上った巨大な夜の虹だった。

虹は海峡をまたいで島から島にかかっていた。その礎は、灯りに乏しい島の暗黒の山肌に没して定かでないが、海峡をまたいだ巨きな弧は銀色をおびながら七色に輝いていた。色を喪った深夜の海に凝って立つ虹のかすかな七色は、それがただ光と影ならぬ七色だけに非現実に見えた。しかし、しぶいて煙る海峡に、虹はそれを映し出す月よりも確かに、私たちを迎える海上の門のように巍々《ぎぎ》として在った。あの時ほど神秘を自らの五感で確かめたことがあったろうか。もし、誰かが船の舵を僅か片側の島に向って切ったなら、私たちは虹に手を触れることも出来たろう。


進んでいく船と、沈みいく月と、凝って立つ夜の虹との角度がそろった時、袋帆《スピン》の上に虹は月の光を浴びてその影を落したのだ。

私たちは虹の橋を潜《くぐ》った。仰ぐうち、虹はマストのはるか頭上にかかり、船尾《スターン》の彼方に過ぎていった。


それはまさしく夜の海に輝く虹だった。そして、それを眼にし仰いだ私たちが、自らをある選ばれたものと呼ぼうと誰が否めよう。

私たちこそ、信じられぬままに信じることの出来た人間たちだった。

再会

あの星を、私はまた見つけた。

十年前のトランスパックレースで、吹き止《や》まぬ貿易風の中を夜っぴて袋帆《スピン》を張り十数ノットで走りつづける深夜の見張り《ウオッチ》に、最年少の乗組員《クルー》があの星を見つけ、怪しみ怖れて報告したのだ。彼のいう通り、その星は間断なく赤と緑に光っていた。夜目の錯覚ではなし、一つの星が確かに二つの光を発するのだ。千切れ飛ぶ貿易風雲の間に目を凝らし見つめるほどに、赤く光っていた星は急に確かに、全く違う緑色に輝きを変えた。

ウオッチの交替時、船室《キャビン》から出て来た仲間に教えると、彼らも寝ぼけまなこでそれを確かめた。

「ここまで来りゃいろんなものがあるさ。なるほど赤と緑か。あの星を見ただけでこの海を走った甲斐《かい》があったよな」

誰かがいい、私はその言葉にひどく共鳴した。確かに私たちは初めてのあの航海で、どれほど予期せぬ多くのものにいき当ったことだろう。

そして同じあの星を、あの時と緯度のかけ離れた日本の海でまた見つけたのだ。

六月二日、二十三時五十分、熱川《あたがわ》、大島間の海峡で、真南に見た金星から西へ三十度、仰角四十度の辺りに星は在った。錯覚かと眼をこらしたが、星は確かに赤く輝き、次いで、十年前ほど濃くはなかったが淡い緑色に輝いて見せた。よく見つめると星の右半分が赤で、残りが白色。その白色の部分だけが緑色に変るのだ。天に張りついて瞬きせぬ周りの星たちと違って、彼だけは何か異る存在のように不安気にゆらぎ、瞬き、そして色を変えた。

北の海で仰ぐせいか、星はかつて南で眺めたより光も薄くうそ寒げだった。私もまた、合羽の下にスウェーターを着こみ、グロッグのカップを片手に握っていた。

その星がかつて見たものと同じかどうか知る由もない。

しかし私にとってそれはまさしく邂逅ともいうべき再会だった。不吉な松明《たいまつ》を点して通り過ぎた孤客が、今またその孤独な軌道の果てに、他ならぬ私だけに向って姿を現わし、声なき挨拶を送って来たのだ。

私はそう信じた。

そんな邂逅がこの海の上にこそ在り、それが在るからこそ海が海であり、私たちがそこにいるのだという、存在についての平易な公理を、私はその時自分のために一人で確かめたのだ。

霧の中

スタート後約二時間、沖合いの小群島の暗礁を教える鈍い警笛が聞えなくなった頃、霧が出て来た。霧が風を運んだようにやがて北東の順風が吹き出し、船は一路マニラを目指した。

夜半、霧はますます濃く、コックピットにいて船首《バウ》の航海灯の明りも見えなくなった。海図《チャート》では目的地までの間に障害物がないというだけで、私たちは臆することなくフルセールで白い混沌《こんとん》の中を走った。

なんと神秘的で心地いい帆走だったろう。

白い闇は濃い肌触りで周囲を流れ、深夜一人舵引く私はもはや海とも陸ともつかぬ白い虚無の宙空を、己が存在の極たる死に還る魂のように、或いは、存在の源なる誕生に向う初々しい赤ん坊のようにただひたすら進んでいった。

ふと身じろぎしてふり向いた時、手元の小さなコンパスライトに照らし出された私の影が、白濁の中に巨きくそびえ立つのを見た。私は思わず手をのべ、生れて初めて自らの影に触ったのだ。

何故か限りない安息があった。

霧の中の七ノットの帆走という潜在した恐怖の上に、私が秘《ひそ》かに味わったものは、ひょっとすると、あの高く遠い宙空で母船から離れて遊泳する宇宙飛行士たちの味わう、完璧に自由な孤独と同じものだったかも知れない。

舵棒《テイラー》を帆綱《シート》で縛り用を足しに船尾《スターン》に立った時、スターンランプの乱反射の中に、見馴れぬ何か小さな物体が手すり《パルピット》の上に在るのを見た。確かめ手をのべると、錯覚ではなく、その物は私の手を逃れて動き、さらに追おうとすると突然宙に飛び立って消えた。それが、霧の中に行方を喪って疲れた鳥だったことに気づくのに、茫《ぼう》としたまま歯がゆいほど私は手間どった。——そう気がついた後、羽音もなく飛び立った鳥へ、知れぬ共感があった。

　翌日凪は凪ぎ、陽は昇っても霧は晴れず、周りに壁のように凝って立つ霧の上の遠くに小さな青空が見えていた。

　やがて突然その白い壁に巨きな影が映り、白昼夢に似て一隻のジャンクが現われたのだ。それは全く、私たちが秘かに期待していた通りの出来事だった。固唾を呑んで見守る私たちに、青龍刀《せいりゅうとう》は持たぬ船上の支那人たちは、私たちの進路が誤りであるのを教えようとするのか、しきりに香港の方角を指して何か叫びながらまた霧の中に消えていった。

私たちが白い闇の中で見た夢から醒めるのには更に数時間もかかった。やがてようやく薄れていく霧の中で、それがまだ夢うつつの出来事であったかのように、凪ぎきった海の上に、ボートフックほどもある大きな海蛇を三匹も見た。

南西《みなみ》が吹き出し、私たちが袋帆《スピン》を上げたのは、蛇たちを見てから更に三時間もしてからのことだったろうか——。

私が愛した船たち

Part

Ⅲ

In the last race of 58' point race
Nor' gale attacked suddenly off Kanegi reef.
We made first home and won the trophy of total game

これまた、強烈な神立ちに、
西風の神立ちに襲われた、僕たちの船の姿だ。
ポイントレースの折り返しに、
西の海に突然、白い一線が刻まれ、
瞬く間に強風が僕たちの船を襲ってきた。
舵はとても一人では引きにくく、
二人がかりで、激しく傾斜する船を抑えるために、
渾身《こんしん》、力を入れて、舵棒《ティラー》を引いた。

以下は、歴代のヨットのシルエット。
私が思い返して頬ずりしたいほど懐しい、
愛してやまなかったかつての恋人たちのシルエット。

第一回サウスチャイナシーレースで、
フィニッシュのマニラ湾を目指して、
コレヒドール沖をフルセイルで走る「コンテッサ二世」。

ふるいつきたくなるほど懐しい、「コンテッサ二世」のセイルプラン。
進水当時は、マストも帆桁《ブーム》も、太めの木という古典的な船だったが、
のちにデザイナーに相談して、マストとブームはアルミに変えて、
バウスプリットとセイルエリアを拡げたことで、
驚くほど効果を上げていい成績を残すことが出来た。

初島―大島レースで、時化《しけ》の到来を予告し、
レース中止を勧告する保安庁の忠告を無視して
走りつづける「コンテッサ二世」。

二度目の
トランスパックレースで、
ゴール間際、
他の二艇を追い越して
フィニッシュしようとしている
「コンテッサ三世」。

ブリトン・チャンス設計の「コンテッサ六世」。この船だけは唯一アルミの船体だったが、手に負えぬじゃじゃ馬で、ほかの船がセイルを、縮帆《リーフ》しだした頃、大前帆《ゼノア》に変る№２の小型の前帆《ジブ》でようやく実力を発揮するような船だった。

　この船に関しては、珍しい記録がある。初島レース、初島―大島レースの時に、全く同型の「ゼアドラ」という競争艇と競って、両者ともフライングをしてリコールをかけられたのに、「ゼアドラ」は全く気づかずにそのまま発走してしまい、こちらはいったんスタートラインに戻って一回転してから再スタートしたが、なんとファーストと、最短時間の完全優勝をこなしたものだった。恐らく、このレースで、リコールされながら、完全優勝を果たしたという船の前例はあまりない。

二十年前に、僕にとって、新しい別の海が開けた。突然、思い立って、ダイビングの講習をうけ、生れて初めて新宿のドゥ・スポーツプラザの潜水用のプールで、装備を着けて一〇メートルのプールの底まで潜った。

以来、僕にとって新しい海が開けた。海の底の景観は、これまた海の上とは全く違って、千変万化する別の宇宙を感じさせるものだった。日本では規制でうるさいが、なんとか、それが可能な外国の海で、仲間と一緒に銃で魚を狩る楽しみというのは、私にとって、ヨットで風まかせに海を走るそれとは違って、たまらないものだ。

この写真も僕にとって、とても印象的な一枚だ。
仲間の姿は見えるが、海底三〇メートルという別の宇宙で
獲物に目をつけ近づこうとしている水中のハンターとしての自分。
普通の人間のおよばぬ海底という世界に、
まさに侵入しようとしているインベーダーのような自分は見るからに興味深い。

私が生れて初めて行った
小笠原の海の中で、
小笠原特産の、
角を入れれば一メートル近い
五色海老との出会いの瞬間。

大型の袋帆《スピンネーカー》と主帆《メンスル》、
それに加えて
スピンシューターのフルセイルの重装備で追手で走るヨット。
豊満な女の後姿だ。

インナースピンやスピンシューターまで上げて、
フルセイルで走っている「コンテッサ八世」。

一番最近の僕のレースの成果。
三年前の鳥羽レースで優勝した際、
最後のマークの利島をクリアする寸前の「コンテッサ」だ。

JPN
188

Ⅲ 風の神との黙約

遭難

三月二十日、春一番、風速三十メートルの強風。風は魔術のように無人のヨットを、船室《キャビン》に一滴の潮水を掬いこむこともなく、茅ケ崎《ちがさき》の砂浜まで運び上げた。

三人の乗組員《クルー》はどこへいったのか。

館山《たてやま》を出、諸磯《もろいそ》のホームポートに還る寸前、三崎港内を通過の折にマストの根本で作業していたという彼らを、いつ、何が船から奪ったのか。若白髪の落合さんは、どうして船を操り損ったのか。

風の凪いだ翌日、海辺に打ち上げられたままの「オリンパス号」の写真を私は見た。かすんで見える江の島を背に、岸からアンカーロープをとられて、ヨットは傾いたまま止っていた。その居ずまいには、座礁し難破した一万トンの本船のそれと同じように、信じられぬ不条理な何かと闘って敗れたものの持つ、哀しい静謐さがあった。

艇縁《ブルワーク》で水を掬い傾斜《ヒール》して走るヨットの姿に比べて、その静けさは信じ難く、在り得ぬものに思われた。

きちんと縮帆《リーフ》された主帆《メンスル》、裂けた前帆《ジブ》、スクリューと舵軸《ラダーシャフト》に巻きついた帆綱《シート》、乾いたままのキャビン。それらのものが在りはしても、喪われた人間たちに一体何が起ったのか、私たちにどう知れるというのだろう。

彼らに遭難をもたらしたものが、何を企《たくら》み、どのように罠を張り、どうして彼らがそれに陥《お》ちこんでいったのか、私たちはただ想うしかない。そして、そんな推測は、所詮、私たちが海に在ろうと陸にいようと、自らの明日を占ってみる心もとなさでしかあるまい。

不条理なる何かは、私たちを目指して近づいて来、私たちもまたそれに向って歩んでいるのではないか。まして、板子一枚の小さな船に危うげな帆をかけまでして。

しかしそれを知りながらなお、喪われた友人を悼む小さな不条理を、私たちも冒しているのだ。

未亡人からの手紙

沖縄レースから戻った私の書斎の机に、一通の手紙がとどいていた。差出人は、遭難した「オリンパス号」の落合艇長の未亡人だった。私の打った弔電への礼と、その文章を今度建つ落合さんのお墓に刻んでいいかとの問い合わせだった。あの日、私は若い乗組員《クルー》の媒酌をして葬儀には参加出来なかった。

沖縄レース用に我が家の屋根に新設した大きなアンテナのことや、遺体がようやく上った日の明け方、奥さんは結婚して以来初めて落合さんの夢を見た、とも書いてあった。夢の中で、落合さんはどこか磯《いそ》伝《づた》いの岩礁の上に、古いレインコートを着て立っていたそうだ。

彼女が言葉にいい表わせぬ何かを伝えたいと感じていることは、私にはよくわかった。私に向ってだけでなく、他のすべての海の友人たちに。

彼女はもう、あの出来事を許しただろう。或いは結婚して初めて、夫であった男の何かを理解し覚ることでようやく。私はそう感じるがそれ以上旨《うま》く言葉ではいい表わせない。

人間はそんなものだ。たとえば、愛という黙約がいかに不完全なものでしかないかということを、喪ったもののかけがえのなさを知る時にしか覚れはしない。奥さんにとっても、落合さんにとっても。

そして要するに、最も愛するもののところへ真っ先に、彼は夢で還って来た。それについて他にどんな注釈がいるだろう。


奥さんは彼のための墓所を三崎の町外れの海のよく見える寺の境内に見つけたそうだ。二年後、二回目の沖縄レースのフィニッシュを落合さんはそこから眺めることが出来るだろう。

次の沖縄レースの前には、船の無線機の安全を願って、私は落合さんのお墓に参ってから発とうと思っている。

モーニングコール

雑音の彼方で、聞き馴れた仲間の声が呼んでいる。あの船のあいつ、この船のこいつが話している。日頃あまり感じなかったあの男の話し癖が、決められた報告のフォームの中で、かえって際だって聞えてくる。

今、このつかの間だけ、何もかも忘れて誰しもがスピーカーに耳を凝らす。濡れて冷たい、揺れて苦しい船の中に、今だけ妙な安らぎがある。同じ時化に嘖まれている筈《はず》の仲間たちが、「乗員、艇体ともに異常なし」という時の声の、なんと確信に満ち満ちていることか。彼らの声がそうであるように、私たちの声も同じに聞えるに違いない。

「今暁、ステアリングのケーブルを切断し、一時航行不能に陥るも、応急の処理をしレースを続行中。その他、艇体、乗員ともに異常なし」

オペレーターの声に、つい先刻の事故で油にまみれ汗にまみれて修理を終え、やっと寝ついたばかりの乗組員《クルー》は、寝台《バース》の中で夢うつつにもう一度満足して頷《うなず》いている。他の船のみんなが耳を澄まし、この報告を聞きとるのを誰しもが感じている。

そう思う時、体の内に湧き上るものがある。今こうやって互いに報せ合いながら、この荒天の海をいく十数隻のヨットたちへの共感だ。その共感が、今味わっているこの苦しみの中の不思議な安らぎを、より確かなものにしてくれる。

彼らの報せる位置がどれほど不正確だろうと、或いは精一杯のかけ値があろうと、この限りなく広い海の上をばらばらに走る船たちが、実は眼に見えぬ何かの糸で編み上げられた連帯なのだという、強い実感が私たちをとらえる。

先刻まで濡れて震えていた乗組員《クルー》が、今はほころんだ微笑でマイクを握りしめているのを眺めながら、私は忘れていた人間のある公理についで覚らされた気持で、朝のコーヒーを淹《い》れにかかる。人間は、どんな媒体ででも簡単に繋がることが出来る。そして、いつもそう望むのが人間なのだと。

しかしまあ、眼に見えぬ電波が人間の声をはるか遠く運ぶこのしかけを、誰がこしらえたのだったか。雑音の彼方にかすかに伝わって来る遅れて遠い船からの声を、中継しようとして苦心しているオペレーターを眺め、起きがけのコーヒーをすすりながら私もまた知らずに微笑している。

太陽

太陽よ、お前が姿を現わすだけで、何故、世界はかくも容易に変貌するのだろう。

濡れて灰色の酷薄な海と空とが転身するのに、僅か一角の雲が裂け太陽が射しかけるだけでいい。たとえそれが乱れた水平線の彼方に望むひと筋の斜光であろうと、私たちは忘れていた期待を思い出し、幸せへの予感をとり戻す。

世界が、私たちのために蘇ろうとしていることへの予感を。

まして太陽が、灰色の混沌の内の、この船という一点を選んで射しかけるならば、世界はすでに蘇ってしまったのだ。

この奇蹟《きせき》を私たちは今まで何度味わったことだろう。しかし、ついに誰も馴れることなく、ようやく今射しかかる太陽に、私たちはうぶな信仰者のように天の奇蹟を仰ぎ見る。

風速は変らず、波高も低まりはしない。だが見るがいい、船めがけてきりなく押し寄せる暗い壁はその質感を水に戻して、凍てた鋼《はがね》から蒼く懐しいうねりに変り、狂悪な波の白刃は、陽に透かされて輝く青く透明な宝石細工に変貌する。柱索《スティ》を鳴らす風の声までもそのコードを変えてしまった。

見倦《みあ》きることのない私たちの海が今蘇ったのだ。なんという魔術、なんと完璧な転身《メタモルフォルゼ》だろう。灰色の醜いさなぎが突然割れて、五色に彩られた蝶が誕生するように、私たちを噴みつづけて来た海と空は、もう私たち自身のためのものにしか感じられない。

船尾《スターン》を襲う波の高さを、怖れと怒りをこめて見上げるものはもうなく、背にせまる波の蒼いかげりと、その頂に羽ばたく蝶の青く透明な羽根飾りが懐しい。ラジオの通報が数時間前の気象を今頃どう伝えて来ようと、今ようやく、私たちの行方を塞いでいたものは去っていき、新しい蘇生の気配がこの天と海を占めようとしている。


それを信じなくて一体誰が、こんな小さな船を操りながらこの海を渡れるというのだろう。

バースの底深く睡っていた乗組員《クルー》までが、報せるものもないのに一人で起き上り、濡れた合羽を干しに甲板《デッキ》に上ってくる。陽を仰ぐ彼のまぶしげな顔を見やりながら、私はもう一度、たった今、合羽を脱いだ背に懐しく確かな感触で触れてくるのを、せまりつつある波高五メートルの波の更に上高くふり返り、仰ぎ直して見る。

秋霖《しゅうりん》前線

秋晩《おそ》い前線の停滞は、この季節だけに与えられた筈の透明な陽光を遮ったまま、日本列島にもう冬を曳《ひ》いてこようとしている。

日ごとに木の葉を染め上げて降りしきる雨の内に、やって来る季節の足音が聞える。切り崖《ぎし》の上の書斎の窓よりも低く雨雲が流れ、入江を雨足の曳きずるマントの影が過ぎていく。入江の奥に舫い残された小さなクルーザーのデッキには、今日ですでに十日も人影がない。夜にはまだ遠い午後なのに、対岸の港にはハーバーライトが点った。

今日まで何度となく私は、子供の頃父がいった言葉を思い出した。

「雨が降る度に寒くなり、冬が近づいて来るのだ」と。

何故、そんな他愛もない言葉が懐しいものに思われるのだろうか。五十一で若死にした父が、一体いくつの時にいった言葉だったか。

つい先週、北の国へ旅をし、かつて父と住んだ町の、父が使った高台の古い料亭で父のかつての友人たちと食事をした。見はるかした町はすたれきり、船の数はめっきり減って、澄みに澄んだ港の水の上に雨が降っていた。その部屋の軒下に、はや切って積まれていた薪《まき》の色を思い出す。その時、うそ寒いほど白い薪の肌に私が感じたものは、人間が避けることの出来ぬ、ある周期についてだった。

対岸の港の灯りが一層明るさを増して来る。代りに、突堤の外の小さな暗礁に砕ける波の白さが薄れ、水も空も段々ひとつに溶け合っていく。過ぎていく時は、光と色だけでなく、私自身までも塗りこめて塞じ、その閉塞の中で私は、手の内にぬくもる酒のようにもの憂く沈澱していく。無為のままのこの静謐。

今ようやく自らの手でまさぐることの出来るまろやかな私の存在。

感傷はとうにここまで発酵している。


空になったプールを叩いて過ぎる時雨《しぐれ》。プールサイドのタイルで雨に打たれる子供の三輪車と、犬が食い千切って運んだ遅咲きの薔薇《ばら》。

そして今ようやく、今日最後の漁船が一隻、港に還る。

傾面《スリップ》に着く船から、雨合羽を着た漁師が、半ば凍てた獲物を手にして下りるのを私は見ようとする。家で彼を持つ筈の妻は老いているのか、若いのか。

時が過ぎ、季節が過ぎる。何かの大きな周期が、確実に動いて過ぎていく。今、こうして巡り巡るものを、誰が何のためにとどめることが出来るだろう――。

喜界ヶ島

日本海を発達した低気圧が通っていく。

千数百キロの遠さにいて、私たちはそれを感じとる。私たちのはるか斜め前を横切ろうとしているものの巨きな気配を。

風はそれに向って吹きこんでいく。

私たちは今、はるか北方の海を横切りつつあるものを中心にして、二千余キロの直径で拡がる強風の渦の中にいるのだ。か細い日本列島を、南北にはさんで吹きつのる、メイストームと呼ばれる風の狂宴の一端に。

もう誰も昨夜宵の口の、この南東風のそそたる吹き出しを覚えてはいまい。あれから夜っぴて、そして今朝もこの午後も、風はきりなく吹きつづけている。

暗黒が灰色に変っただけの海と空。昨夜半私たちは与論島の北をかすめ、沖永良部《おきのえらぶ》南端五マイルをかわして、この列島を西へ突っ切り太平洋へ出た筈だがそれを確かめる術もない。

船はこの大洋の未知なる東端を、主帆《メンスル》を縮帆《リーフ》し、大前帆《ゼノア》を№2に変えてもなお、身を軋らせながら時速十五ノットで走りつづけている。太陽はついに姿を見せず、空は陽光の代りに黒い突風のマントの影を曳いたスコールを贈りとどける。

この時化の中で横流水《リーウェイ》がどれほどあるかわからぬが、今、この舵で最も走り易《やす》い半追手《クオーター》でいけば、午後四時には喜界ヶ島の間近をかわせる筈なのだが。


荒天に島を見ることの危うさを知りながら、これだけもまれつづけると船乗りは不思議に陸《おか》が見たくなる。この捉《つか》みどころもない灰色の混沌の中に、黒い島影を眼にすることが何の安らぎになるかは知らぬが。とにかくリーウェイして喜界にのし上げることさえなければ、あとは本土の潮岬《しおのみさき》まで大洋の真っただ中をいくだけなのだ。

断続するスコールの群れ。ますます波長短く、波高の高まるいやらしい波。この白昼の濡れそぼった薄闇がいつまでつづき、あの息づまる暗黒があと何夜つづくというのか。

島はどこだ、島はもうないのか、もう過ぎてしまったのか。

それを何のために求めて希《のぞ》むのかはわからぬが、ともかく何かへの指標として――。

四時半、下手から過ぎるスコールの黒い引き幕の彼方に、低い雲に似た島影を見る。

或いは、島に似た黒い雲か。

そうではない、あの黒さは、雲よりも凝って確かだ。距離感を喪った灰色の視界に、期待よりもやや遠く後方に、過ぎつつあるものとして島は在った。幾重にもひだとなって彼方を過ぎるスコールのはだらな濃淡の中に、つかの間だが、島は私たちを垣間見、見送っていた。

喜界ヶ島。人を寄せつけぬ奇怪な名の、あの離れ孤島は、その暗くはるけき、瞬く間の印象に、負うたその名の故に一層、私たちが今、風と波に弄ばれる小さな船の上で味わっている、なんといおう、隔絶の実感ともいうべき不安とやりきれなさを倍にして感じさせた。

吠えながら噛み合う空と海との混沌の中に消えていった島に向って、遠い昔、あの島でこの隔絶を味わいつくして死んだ一人の男への、身にひきつめた共感で私は叫んだ。

「おうい、俊寛《しゅんかん》！　俺たちは還るぞおっ！」

私が愛した船たち

Part
IV

一九六八年の大島レース。
千波崎《せんばさき》沖で悪戦苦闘する「コンテッサ」。
風速五〇ノット。
ツーポイントリーフしても、船は狂ったように走る。

夜間、大島東岸、
無人の
海岸線間近を走る。
岸の白い十字架が
無気味だ。

一九七〇年
鳥羽レーススタート。
大らかな夏レースとはいえ、
スタートはやはり
スタートらしい緊張がある。

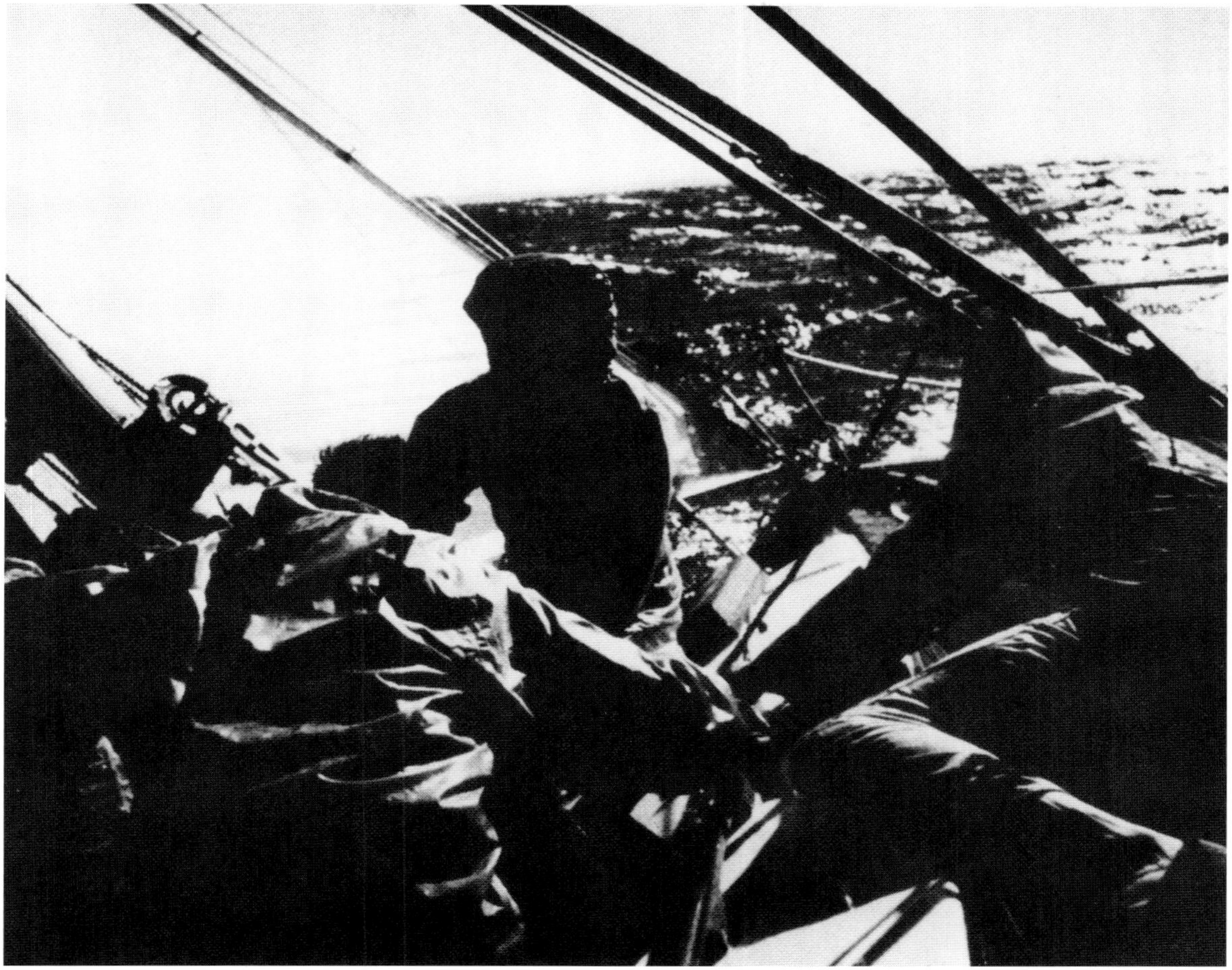

突然吹き出した大西に、
船は激しくヒールし、
狂ったように走る。
傾いたフォアデッキで、
一瞬を争う
懸命の縮帆《リーフ》作業。

これは私の最近の、
そして多分最後の恋人だ。
彼女の素性は、
十九世紀に始まった
アメリカスカップ、
あの巨大なＪボートの
デザイナー
ハーショフ設計になる
一七フィートのディンギーだ。
アメリカのメイン州に
まだ残っている船大工が
腕によりをかけて造った
高級家具に似た
木製の素晴しい、
今は珍しいガフリグの船だ。
今はやりのＦＲＰの船は
出来た瞬間から
劣化が始まるが、
木の船は年ごとに
味わいが深くなる。
残念ながら
こんな船を造れる船大工は
もう日本には
いなくなってしまった。

Ⅳ 風の神との黙約

夜半

夜具からのり出した肩口を寒さが襲い、私は眼を醒《さま》す。女は私の横でかすかな寝息をたてながら睡っている。床の内で手をのべ、ほてって熱い彼女の体に触れながら私はそれを確かめる。しながらふと、雨戸を打つ風の音に気がつく。

満たされた快楽の後の安らいだ睡りの末に、今突然、かまいたちのように私を襲う透明で真空な何かがある。身を縮め抗《あらが》おうとするが出来ずに、やがて私は女を残して床を脱け、寝巻の襟をたてながら部屋を出る。

知らぬ間に風は吹き出し、数時間前女と酒を酌み交しながら眺めた、凪いでいた海には潮騒がある。海から吹きつける風が、手洗いへ渡る廊下の窓に吹き千切った松葉をぶつけ、間近な磯に向って海は押し寄せ、松籟《しょうらい》が鳴っている。

手水場《ちょうずば》の薄暗い灯りの下で、眼の前の小窓を半ば開いて私は海を確かめる。吹きつける潮の香の彼方に、宵の口に眺めた沖の漁《いさ》り火を探そうとするが、真っ暗な沖にはもう星も見えない。

「海が荒れている」

私は私につぶやく。そういい聞かす時、蘇って来る安らぎがある。

「俺は今、陸《おか》にいる。そして、誰かがあの海の上に」

身の内にこみ上げる安らぎと満足に、ようやく窓を閉め、もう一度襟元をかき合わせ踵《きびす》を返すのだ。

あの海を陸から眺めながら在ることへの安息と奢《おご》りを、誰かに向って叫んで確かめたい衝動をこらえながら、吹き出した風に凍てついた廊下を戻る。

しかし、今渡るこの廊下の足下の、なんと確かであることだろうか。

夜具の下でまた寄せられる体の冷たさに気づいて、女は眼を醒す。

彼女もまた、何かを確かめるように私をかき抱きながら、「どうしたの」と尋ねる。

今まがいなく私のためにこの腕の内にあるものを抱きしめながら、私は答えるのだ。

「海が荒れている」

夢

陸では見ぬ夢を、船でよく見る。
ある時それは、陸では見ない悪夢でもある。
今までに三度、同じ怖しい夢を見た。

船が突然、海の中を落ちていく。
たった今、船はこの海の最端にある水の断崖に到《いた》りつくし、轟々《ごうごう》と鳴る海の滝を奈落の深淵《しんえん》に向って真っ逆さまに落ちこんでいこうとしている。エドガー・アラン・ポオがゴオドン・ピム氏の見た夢に託して描いた、海の極なる深みに堕《お》ちていくのだ。

私は叫んで飛び起きる。その瞬間、叫びながらそれが夢だったと覚ることが出来る。見張り《ウオッチ》で舵を引く乗組員《クルー》たちのしめやかな私語、間近の寝台《バース》に睡る他の仲間のかすかな寝息、そして、微風に波を切りながら走っている船の舷側の水音を聞きながら、私はたった今怖れ戦《おのの》いたものが夢であることを知らされる。

初めの時、私は這い出しにくい上段のバースから夢中で飛び出し、ドッグハウスの階段をかけ上り、体の半ばをコックピットに覗かせウオッチの乗組員《クルー》たちに、「大丈夫か!」と叫んでいた。

そんな私の気配の訳を知れず、舵を引く男は怪訝《けげん》そうに、「何ですか」と尋ね返した。

船はフリーの順風に傾きもせず走っていた。夢なることに気づいて、照れながら、私は言い訳にならぬ何ごとかをつぶやいて寝台《バース》に戻った。

その翌日から一年間、寝ぼけて飛び出した時にぶつけた膝の脛《すね》と上膊《じょうはく》に打ち身の痕が消えずに残っていた。その痣《あざ》を見る度、私は鮮かにあの夢を思い出すことが出来たものだ。

三度も同じ悪夢を見た後ようやくこの頃では、またしても同じ夢に襲われかけながら、夢うつつにそれを自ら夢と判じて睡り直す、あの底知れぬ安らぎに憧れるようになった。そして平穏な航海の間もなお、秘かに何かを怖れている自分を今では許すことが出来る。

あの海で、怖れぬ人間がどこにいるだろう。だからこそ私たちは、怖れているものがついに到った荒天の下で、おびえ、疲れ果てて睡る時、不思議に安らいだ夢を見ることが出来るに違いない。

離れ鯨

一度だけ、海の上で鯨を見た。

稲取《いなとり》からの帰り道、停滞した梅雨前線下、真鶴《まなづる》沖の鈍色《にびいろ》の海の大きな潮目の中で彼は餌をあさっていた。どこで水を掻くのか、ゆっくりと進んでいく体に沿って芥《あくた》が流れ、暗灰色の肌に張りついてはがれる芥の色が、水の下に没した計り知れぬ巨きなものを感じさせた。

時折水の上にもたげられる頭部と、現われた背からはるかに離れて見え隠れする尾から測れば、彼の身長は私たちの船の大きさを超えていた。近づくにつれ、風下の私たちに餌を食む彼の息づかいが聞え、潮っぽく生臭い体臭が伝って来た。

間近に見守る私たちに気づかぬ、というより、無視したように、彼は孤独でもの憂い食事をつづけていた。彼を群れから離した訳が何であろうと、その居ずまいには孤《ひと》りの故のゆるぎない存在感があった。殆《ほと》んど凪ぎきった灰色の海と空の中で、光沢ある暗灰色の巨体は沈鬱な世界を孤りで背負っていた。

何かの衝動に駆られ、私は船に積んであった二十二口径のライフルに弾をつめ、眼前に浮ぶ彼の胴中に射《う》ちこんだのだ。小口径の発射音は、薄暗く淀《よど》んだ世界の中では気恥かしいほど可憐なものでしかなかった。次の瞬間、射撃に全く関わりなかったかのようにゆっくりと、だが実はあっという間に彼の姿は水の中に消えていった。跳ねる飛沫もなく、後にはただ、今までそこに在ったものの巨きさを証すように蒼黒い大きな渦が巻いていた。

固唾を呑みながら私たちは待った。次の一瞬、狂虐な獣に還った彼が、伝説のモオビイ・ディックとなって水の底から舞い上り船底を突き破るのを。

が、静寂はつづき、そしてなおもつづいた。

どれほどしてだろう、船首《バウ》にいた見張りが、遠く彼方に浮き上った彼の後影を見たと叫んだが、覗き直した望遠鏡には何も映りはしなかった。

何故か後々折にふれ、私はある願望をこめて彼を思い出すことがある。

孤りの仕事に疲れた深夜の書斎で、徒《いたず》らな酒を飲んで還る暁方の往還で、或いは日常の倦怠《けんたい》の雑事の合間に、私はふとあの時見た鯨になりたいと思うのだ。その想像は私を蘇らせてくれる。私は鯨になった自分を感じることが出来る。一点、誰かが射った小さな銃弾に負うた小さく深い傷の痛みをまじえながら。

その痛みを抱きながら、月明の海を、島の火山の噴火を仰ぎながらいく私を、吹き荒《すさ》ぶ西風の中を、この宇宙の終焉《しゅうえん》を予感させるたぎった夕焼に向って進む私を、また或いは、巡る天体のもたらす夜明けに、水平線に昇る若い太陽の陽光を浴びながら北上する私を、また或いは、洋上に落ちる雷の紫の閃光の中に病んだ体を休ませながら漂う私を、彼になぞらえ想うことで、私自身として感じることが出来るのだ。

交替

十年前、胸を躍らせながら初めて参加した太平洋を渡るヨットレースに、今年は上の息子が出かけていく。雑事に追われる父親の私は、口惜しさを抑えながら、時間を盗んで息子を飛行場に見送る。

気勢をあげる一行の端に、チームで一番年若い彼が、殊勝な顔をして立っている。私はチームのリーダーの、最近人生を選び直して仕事を捨て、ヨットの試合稼業に身を徹してしまった古い仲間に息子をよろしくと頭を下げる。

十年前、私が彼らをひきいていったのだ。

それから十年間、何があったかは問うまい。今は、私が代りにいく息子を見送るのだ。

隅っこで見送っている女友達を、息子が初めて私に紹介する。彼女たちはすでに見知りの筈だが、私の妻は、今日はまた妙にどぎまぎしながら私の横で頭を下げている。

「いつも弟がいろいろお世話に――」

つい間違えていいかけ、周りが笑い出す。

「よく出来たもんだな。お前の女房の若い時にそっくりじゃないか、あの子は」

古い仲間がいった。

いわれて見るとそんな気もする。私には、自分がどんな顔をして笑っているのかわからない。

嬉しいようで妙にもの悲しい、期待はしてもどこか不安で、そしてやっぱり、口惜しいのだ。

そうだ、十年前、妻は知らずにいたが、私にもロビーの隅で見送ってくれた女がいたのだが——。


決して、息子と交替したとは思わない。しかし、やっぱり交替しなくてはならぬものなのだろうか。

誰かにそう問いかけたいが、今からそんなことを確かめたくもない。


誰かが出発を告げる。セイルバッグをとり上げる息子を眺めながら、私はふと、彼が生れた時に感じたことを思い出した。

生れたばかりの赤ん坊を眺めながら、私は何故か死んだ父を思い出したのだ。そして自分が、何かの巨きな輪に繋がった鎖のひとつだということをひしと感じたものだったが。
北海の荒磯《あらいそ》で難破した会社の貨物船を一緒に眺めにいき、私に海の怖しさを教えたのは父だった。そして私は息子に、彼が渡るフンボルト海流の冷たさと、貿易風下のスピンワークの危うさを教えてやった。息子はさらにそれを、誰に教えることだろうか。

私が十年前に見たものを、彼もまたこうやって眺めに出かけていく。巨きくうねってはきりなく船を追いぬいていく、貿易風のたてる波たち。古代の戦士の羽根飾りに似たその波頭。群がり過ぎるスコールの後に立つ虹たちの林。ヨットに飛びこむ小指ほどの飛魚の子供の胴が、アクアマリンの海の色とそっくりなのを。

交替ではない。これは素晴しいくり返しなのだ。彼らを見送った後、私はそう思いながら妻の肩を抱いてフィンガーのタラップを降りて来た。

光

ある晴れ上った小春日和の午後、ようやくシーズンの終ったマリーナのテラスの陽だまりで私は生還者から奇蹟のすべてを聞いた。

巨きな三角波が頭上から崩れ落ち、船室《キャビン》まで浸水したヨットは、水に投げこまれた石のようにあっ気なく沈んだという。その渦に巻きこまれようやく水面まで浮き上った時、彼らはたった一つの救命胴衣を手にしただけだった。

接近する台風の風浪をのり切って岬をかわすことがついに出来ず、放り出された二人が今漂うところは、深夜の遠州灘のはるけき一点だった。岸に向って打ち寄せるこの波に乗ってなんとか数マイルを岸まで泳ぎつこうと彼は思った。

そして、一つの胴衣に二人がつかまって彼らは泳ぎ出したのだ。

大きく崩れる波頭が、実は水とも空気ともつかぬ気泡の故に浮力が効かず、いかに苦しく怖しい罠であるかを初めて知った。崩れる波に乗ろうとする時、皮肉にもその度彼らは水に潜らなくてはならなかった。

僚友は脱出の時すでに水を呑んでい、波に乗る度、更に水を呑んだ。そして、十何度目かの大波に乗った時、胴衣にくくりつけたその手を自ら断ち切るようにして沈んでいった。

彼はそれを確かめ、残された胴衣を身に着け直し、さらに泳いだ。生れて初めて実際に使う胴衣は効果が薄く、やがて彼はそれを背にではなし胸の下に抱き敷いて泳ぐことが最も効き目あるのを発見した。

どれほど泳ぎ漂ってか、辺りの波が前以上に高まり逆巻き出したのを見て陸が近いと覚った。数分後、彼の体は激しく逆巻く波頭に巻きこまれ弄ばれ、間違いなく陸地に叩きつけられた。が次の瞬間、引く波が彼をさらって水中に連れ戻した。

陸を目の前にしながら、一層酷薄な崩れる水の壁の中で、彼はきりなく弄ばれ、幻覚に似た着地を味わってはまた引き戻され、溺れかけた。

最後の一瞬、彼はまた自分を持ち上げゆすり上げる波の巨きさに賭け、渾身《こんしん》の力で波に乗って水を掻いた。そして、叩《たた》きつけられた大地に両の手肢《てあし》でしがみつき、自分を連れ去ろうとする水の流れに抗い、両手の指をくさびに代えて砂の中に打ちこんだ。

水は退《ひ》き、体は残った。

それを覚った時、彼は手と足で地を掻きさらに一尺、さらに二尺を獲《か》ち得て停《とま》った。次に打ち上げた波が膝にまでしかとどかなかった時、彼は突然、すぐ眼の前に小さな光の玉を見、気を喪った。

やがて寒さで気がつき、真っ暗な砂浜をともかくも波を背にして真っ直ぐに歩いた。足元の砂地が小石に変り、やがて草となった。その時、遠くにさっき見たと同じ小さな光を見た。ためらわず、それに向って彼は歩いた。

暗黒の海を数マイル、孤りで泳ぎ切った彼がやがてついに見た光の色を私は知らない。彼も知らなかった。

ただ、

「なんというんでしょう、それは本当の光でした。何よりも光らしい光でした」

と生還者はいった。

遭難碑

このうららな五月の午後、私たちは逝きしものたちのために、今、幕を払って碑を建てる。

ああ、あれは十年も前の冬の夜、この浜辺から見はるかす海に、凶しき嵐は牙をむいて過ぎたのだ。

船を駆る試合にあの日を選んで、私たちは海に在った。しかし午後三時、曇天下はやせまった黄昏の中の出立に、誰がせまりつつあるものを覚ることが出来たろう。

彼方の初島を私たちの船が一番手に、そして彼らが二番手に廻って過ぎた。日没の寸前、力を増して来た風の下に重く苦しげに傾きながら私たちを追う彼らの姿を、帆を換える作業の合間、艫《とも》の船ばたから最後に私が見とどけたのだ。

遡行する時間の映像の中に、視界を闇の帳《とばり》が閉ざす寸前、吹きつける風と波にめげず、喘《あえ》ぎながら走りつづける彼らを今でも鮮かに見出《みいだ》すことが出来る。

嵐は喪われた視界と入れ換りにやって来た。

おどろに轟《とどろ》く暗黒の坩堝《るつぼ》。狂ってつむじ巻く風と波。鋼の針に似て猛《たけ》き雨のつぶて。千切れ飛ぶ前線は、電光さえまじえて海を狂った宴の場に変えてしまった。

先頭切って近づいた三崎の灯台の光芒《こうぼう》の下に、ようやく湧き上り流れる海を見た時、私たちは効かぬ舵にすがりながらようやく、命とのかけがえに試合を捨てることを選び、かろうじて港に還った。

彼らは後からそれを見とどけたのだろうか——。

あの海の中を、彼らを更に前に向って駆ったものが何であったかを誰も知らない。

嵐の去った翌日、私たちは二つの船が沈み彼ら六人と更に五人の命を合わせ喪ったことを知らされたのだ。

ああ、暗黒故に輝かしい光背の内に、傾き喘ぎながら闘い、力尽きて逝った船と、友達たち。

彼らは逝き、私たちは残った。

凍てた波と風が刃《やいば》となって船と人を切りきざんだ、あの光も影もない嵐の中で、私たちそれぞれに、生と死を分ち与えたものは何であったのか。

或いは、あの海に逝った彼らこそ、人間の存在を司《つかさど》るものの触手を自ら迎えて手に触れ、存在を生と死に分つ、不条理なる条理を見とどけたのかも知れない。


とまれ今ようやく、私たちは碑を建てよう。彼らだけが知った、不可知で不条理なる条理について刻み遺《のこ》すために。

幕は落ち、めくるめく五月の陽光の下に、艶やかな大理石はその肌を晒す。

それを眺める誰が、今一体、すでにひと昔前の、あの不可解にも凶しき嵐の潮鳴りをその耳に聞き残しているだろう。


空をいく鷗《かもめ》の白い影が碑の石に閃いて過ぎる。

主催者が記念の乾杯の用意を始めるさんざめきの中で、私は一人、あの夜私をかすめて過ぎた何ものかの触手の閃きを見とどけようとするように、再び石に映ろうとする鷗の影に眼を凝らしつづけていた。

風についての記憶

あの遠い環礁《ラグーン》の海鳴りが
私の体の内の血の流れにまで響くのは　なぜなのか
木立ちをぬけ　目の前にひろがる海の輝きに
思わず息をのむのは　なぜだろうか

怖れていた嵐が　ついにやってきた時
海に落ちる雷をながめながら
なぜ　私の心は安らぎ　痺れることができるのか
地上にあるものはすべて
地にしみ　やがて海に還っていく
生あるもののすべては　遠い昔　まだ「時間」さえ生まれぬ以前に
海に生まれ　やがて地上にやってきた

大陸をふちどり　半島を刻み
孤独な島々を隆起させる　海
すべての存在の光背として　私たちを巡り
その声と　輝きと　遠く深い記憶で　私たちを彩る

怒りも　安らぎも
悲しみも　喜びも
忘却も　再生も
呪いも　祈りもまた
海が伝え　人間はただ
この地上で　それを写しているだけだ

こまやかで　巨きく
万化なる感情と精神の　泉なる海

海のもつ声　あの表情は
私の心をゆすり　忘れていたたかぶりを　よみがえらす
うち上げる波のしぶきが　風にのり
崖《きし》にたつ　私の頬をつつみ
浜辺にさしては引く　波の手が
なめらかにのびて　私の踝《くるぶし》をひたすように

遠く聞く潮騒　海はその声だけで
隠された　私の心を呼びおこす
そしてその沈黙すらが　私のこころを
よびさまし　ときはなつ

聞くがいい　二つの穹窿《きゆうりゆう》をぬりこめた　厚い霧の下
沖の暗礁に鳴る　鐘の音を
混沌の中に創生をつげて　ゆるやかに鳴る鐘を

この水のつらなりのどこかを　いま渡っていく黒い嵐
うねりながらはぐくむ　銀河のように巨きな　海流
星たちと　ともに巡り　沈み
はるかにまた　昇ろうとしている　太陽
人間のねがいをこえた　はるかなる時と　実在

聞くがいい　遠くゆるやかに鳴る　鐘の音を

この沈黙にこそこめられた　凶々《まがまが》しき海鳴りの余韻と　予兆を

海がおしえるものは　虚無と　無限にかよう
絶対の時と　存在なのだ

ああ　だが海よ
お前をみつめている私が
波にのまれるうたかたにおよばぬにせよ　なお
いま　その輝きを　その響きを　私がみつめ
私が　ききとどけるがゆえにこそ
永遠の海は　そこにあるのだ

小さな帆をあげ　可憐なこの船を駆って　その上をいくかぎりに
海は　あるのだ
そうだ　いまなる私を　おぼえずに
永遠の海など　ありはしまい

禁断の半島
陰に雷光り
我が魂は
海獣《けもの》ならんと欲す

畏友見城徹のおかげでこんな本を出すことになり、
私の人生という航海もそろそろ終りに近づいてきたようだ。
私はことさらに来世なるものを信じている訳でもないが、
次に何に生れ変ってこの世に現われたいかといえば、
いつか相模湾の外れの三つ石崎の沖合いの
潮目で出会ったような巨きな離れ鯨になりたい気がしている。
あんな鯨なら他の誰を気にすることもなく
孤り悠々と世界中の海をくまなく巡って歩けるに違いない。
稲妻の轟く嵐の海を何におびえることもなしに、
背中に砕ける大波を心地よく味わいながら、
濡れた背中に電光を映しながら孤りきりなく
広い海を旅していく私を思うと今から心が弾む。
故にも、遺言には
『葬式不要、戒名不要。我が骨は必ず海に散らせ』
と記しておいた。

石原慎太郎

1932年神戸市生まれ。一橋大学卒業。

55年、大学在学中に執筆した「太陽の季節」により第1回文學界新人賞、翌年芥川賞を受賞。

『亀裂』『完全な遊戯』『化石の森』（芸術選奨文部大臣賞受賞）、『光より速きわれら』『刃鋼』『生還』（平林たい子文学賞受賞）、ミリオンセラーとなった『弟』、また『法華経を生きる』『聖餐』『老いてこそ人生』『子供あっての親 ― 息子たちと私 ―』『オンリー・イエスタディ』『私の好きな日本人』など著書多数。

私の海

2014年6月30日　第1刷発行
2021年12月10日　第2刷発行

著　者　石原慎太郎
発行者　見城 徹
発行所　株式会社 幻冬舎
〒151-0051 東京都渋谷区千駄ヶ谷4-9-7
電話　03-5411-6211（編集）
03-5411-6222（営業）
振替　00120-8-767643

印刷・製本所　図書印刷株式会社

写　真　操上和美（p.14、p.24-25、p.26、p.30-31、p.42、p.68、p.96、p.134）
黒崎　彰（p.9、p.10、p.12-13、p.32、p.48、p.124、p.130、p.138-139、p.144）

検印廃止

ISBN978-4-344-02600-1 C0072
幻冬舎ホームページアドレス　https://www.gentosha.co.jp/

この本に関するご意見・ご感想をメールでお寄せいただく場合は、
comment@gentosha.co.jp まで。